『ボルボロスの追跡』

瞬間に一閃したグインの大剣が、一気に、相手の騎士の首を宙たかくはねとばしていたからだ。(265ページ参照)

ハヤカワ文庫JA
〈JA834〉

グイン・サーガ⑯

ボルボロスの追跡

栗本 薫

早 川 書 房
5793

BEYOND BOLBOROS

by

Kaoru Kurimoto

2006

カバー／口絵／插絵

丹野　忍

目次

ぼくは歌うために生まれてきた
生まれたときから歌っていた
歌がなかったらとっくに死んでいただろう
ぼくはひばり　歌がなくては生きてゆけない
ぼくの歌をきいて　ぼくの歌を愛して
ぼくの歌にこたえて……

マリウスの歌

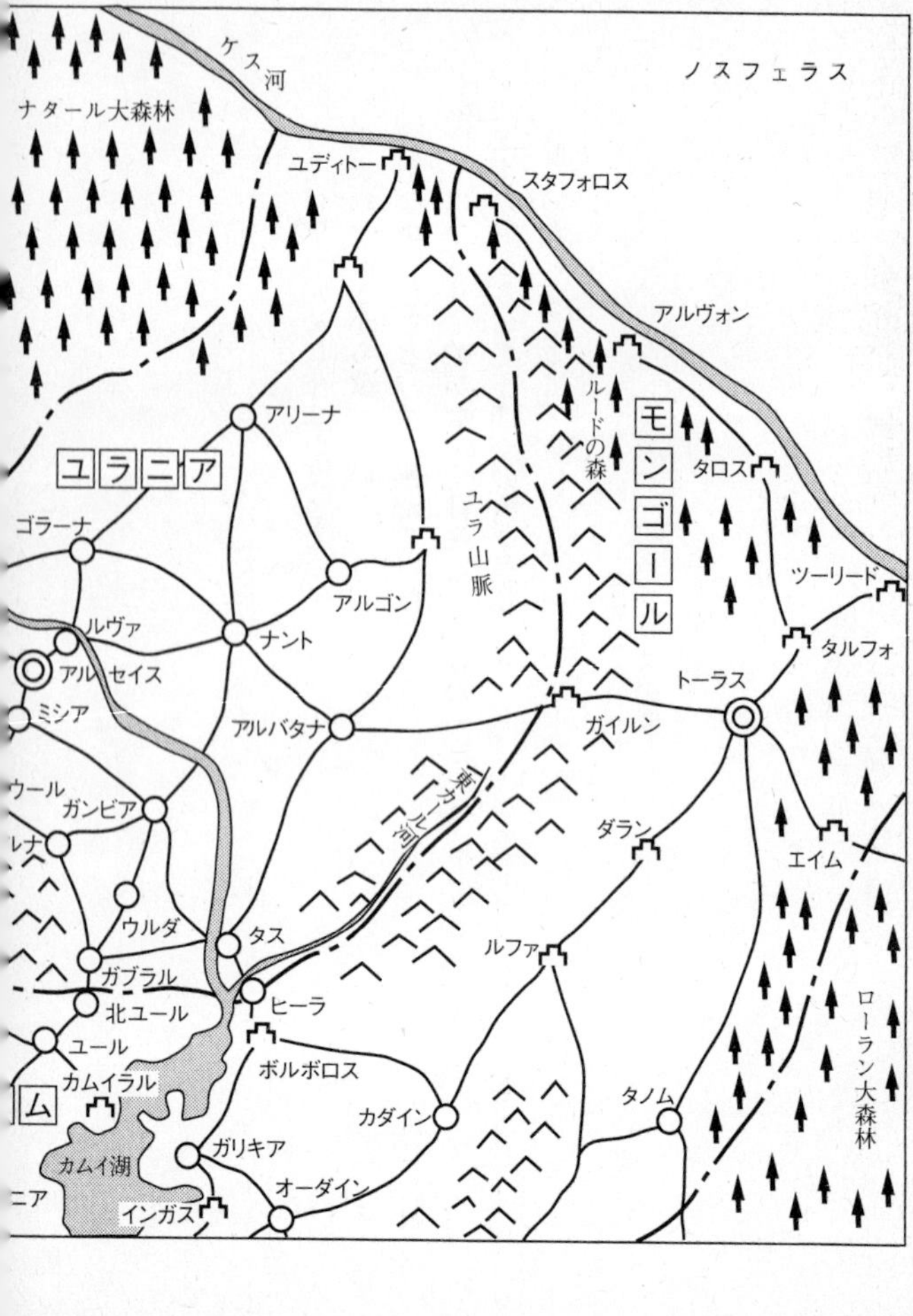
ケス河
ノスフェラス
ナタール大森林
ユディトー
スタフォロス
アルヴォン
アリーナ
ユラニア
ルードの森
モンゴール
タロス
ゴラーナ
ユラ山脈
ツーリード
アルゴン
ルヴァ
ナント
タルフォ
アルセイス
トーラス
ミシア
ガイルン
アルバタナ
東カール河
ウール
ガンビア
ダラン
エイム
ルナ
ウルダ
タス
ルファ
ガブラル
ヒーラ
ローラン大森林
北ユール
ユール
ボルボロス
カムイラル
ム
カダイン
タノム
ガリキア
カムイ湖
オーダイン
ニア
インガス

〔中原拡大図〕

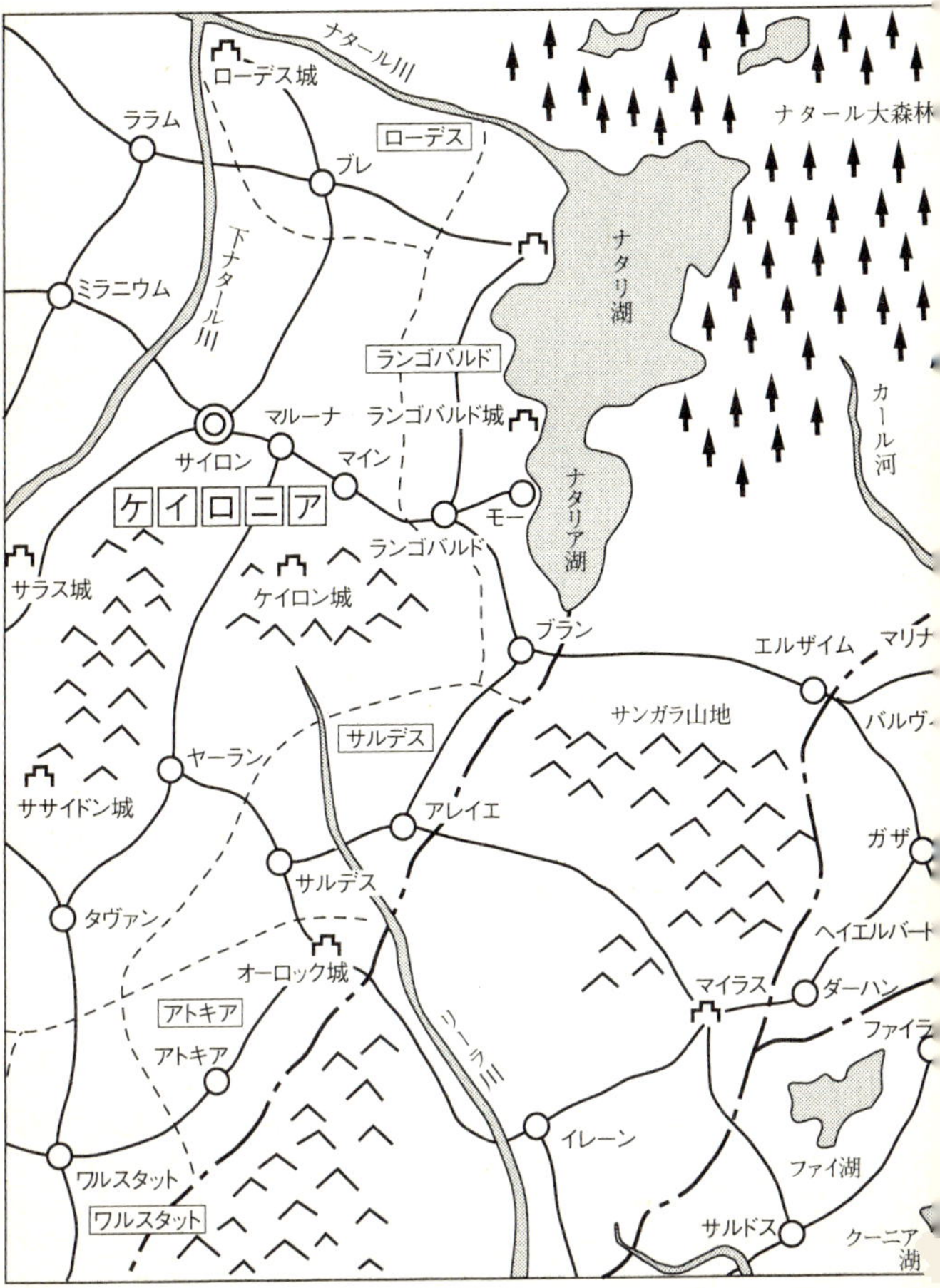
ナタール川
ローデス城
ララム
ローデス
ブレ
ナタール大森林
ナタリ湖
下ナタール川
ミラニウム
ランゴバルド
ランゴバルド城
カール河
マルーナ
サイロン
マイン
ケイロニア
モー
ナタリア湖
サラス城
ランゴバルド
ケイロン城
ブラン
エルザイム
マリナ
サンガラ山地
バルヴ
サルデス
ヤーラン
ササイドン城
アレイエ
ガザ
サルデス
タヴァン
ヘイエルバート
オーロック城
マイラス
ダーハン
アトキア
ファイラ
アトキア
リーラ川
イレーン
ファイ湖
ワルスタット
ワルスタット
サルドス
クーニア湖

〔中原拡大図〕

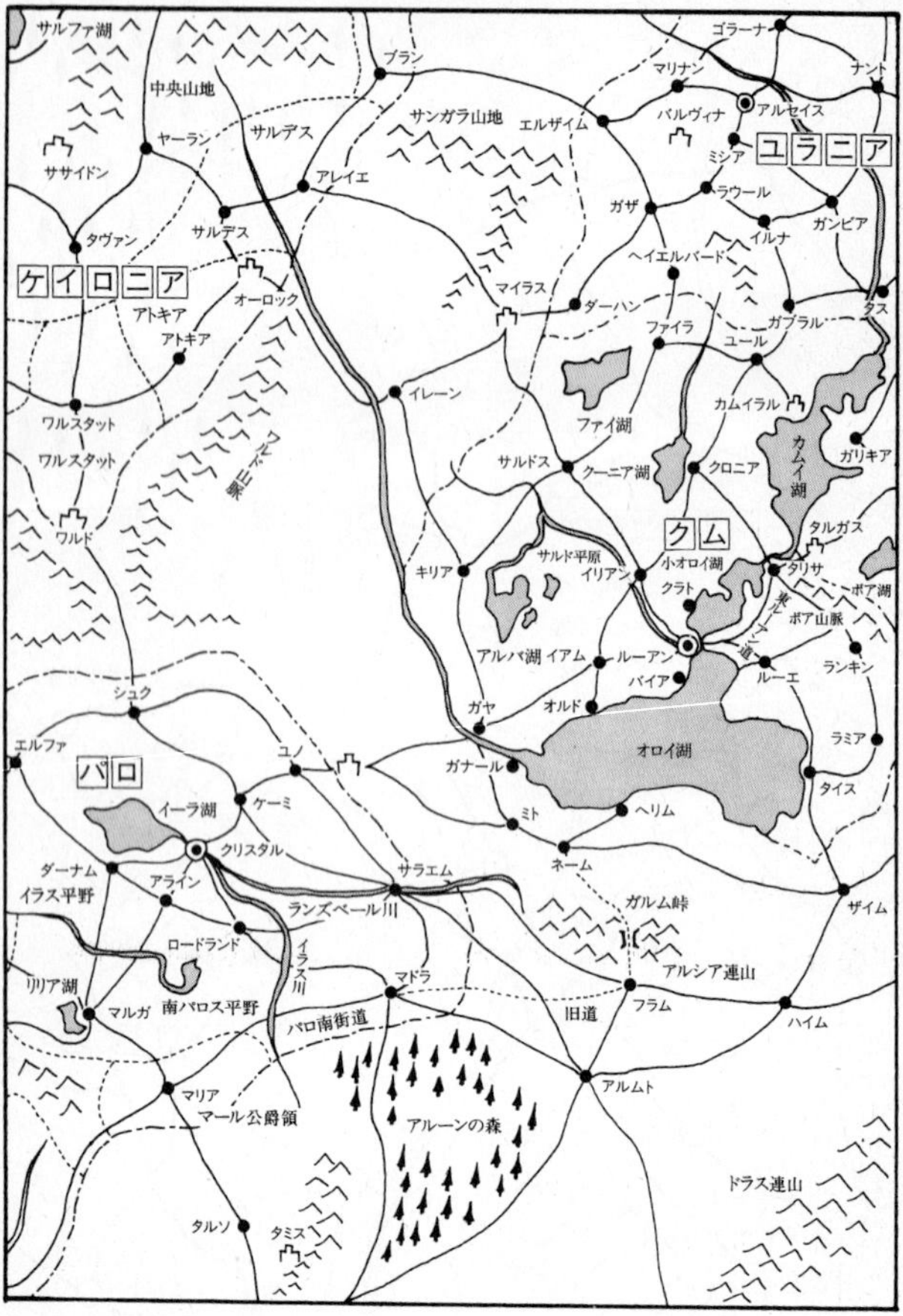
サルファ湖
中央山地
ササイドン
ヤーラン
サルデス
ブラン
サンガラ山地
アレイエ
エルザイム
マリナン
ゴラーナ
ナント
アルセイス
バルヴィナ
ミシア
ユラニア
ラウール
ガザ
イルナ
ガンビア
タヴァン
サルデス
ケイロニア
オーロック
アトキア
アトキア
マイラス
ダーハン
ヘイエルバード
ファイラ
ガブラル
タス
ユール
イレーン
ワルスタット
ワルスタット
ワルド山脈
カムイラル
ファイ湖
カムイ湖
ガリキア
サルドス
クーニア湖
クロニア
ワルド
クム
タルガス
サルド平原
小オロイ湖
イリアン
タリサ
キリア
クラト
ボア湖
ボア山脈
アルバ湖
イアム
ルーアン
ランキン
ルーエ
バイア
ガヤ
オルド
シュク
ラミア
エルファ
オロイ湖
ユノ
パロ
ガナール
タイス
ケーミ
イーラ湖
ヘリム
ミト
クリスタル
ネーム
ダーナム
サラエム
アライン
イラス平野
ランズベール川
ガルム峠
ザイム
ロードランド
イラス川
リリア湖
マドラ
アルシア連山
マルガ
南パロス平野
旧道
フラム
ハイム
パロ南街道
アルムト
マリア
マール公爵領
アルーンの森
ドラス連山
タルソ
タミス

ボルボロスの追跡

登場人物

グイン……………………………………ケイロニア王
マリウス…………………………………吟遊詩人
リギア……………………………………聖騎士伯。ルナンの娘
フロリー…………………………………アムネリスの元侍女
スーティ…………………………………フロリーの息子
アストリアス……………………………風の騎士

第一話　パロへ

1

「グイン！」

グインは、ひそかに、またしても《風の騎士》の手のものに先回りされてスーティとマリウスとが襲われてしまっているのではないかと、とても心配していたのだが、しかし、かれらがフロリーの小屋に近づくなり、マリウスのほうから飛び出してきて、その懸念を晴らしてくれた。

「グイン、よかった！　無事だったんだね！」

「それは、こちらのいうことだ。俺には何の心配もいらん。スーティは無事か」

「うん、スーティもいるよ」

マリウスはリギアとフロリーとともに戻ってきたグインをいぶかしそうに見た。

「途中で出会ったんだね？」

「というか、フロリーさんがあの騎士どもにとらえられ、スーティの素性も知れてしまって、騎士たちがスーティの居場所を白状させようとするのをみて、わたくしが飛び出したのです」

リギアが説明した。

「多勢に無勢でいささか無茶かなと思ったのですが……そこに、グイン陛下がはからずもお助けを下さって、あの騎士団をみごと追い払ってくださいました。《風の騎士》は退却を命じ、いったん引き上げて本隊と合流したようでしたので、その後もし万一こちらまで探しにくるとしても、少しは時間があると思います」

「そうだったんだ」

「俺は、この小屋へいったん戻ってきたのだが」

グインは云った。

「そのときにはこの小屋は無人で、しかもいろいろなものが持ち出されていたようだった。あれは、ちょうど、お前たちがここを出て、それでリギアに救われて——そして対岸の火事をみてフロリーが戻っていった、そのわずかばかりのあいまのことだったのだな。ごくわずかの時間のことで行き違ってしまったらしい。が、なにごともなくすんでよかった」

「わたくし——まだ、何がなんだか……よく……夢をみているようで……」

フロリーは、ようやく戻ってきた母に嬉しそうに抱きついたスーティをしっかりと抱きしめて、ぼんやりとつぶやいた。

「わたくしって、なんて……実際的でないんでしょう。きっとみなさまに呆れられてしまうと思いますけれど……なんで、あんなところにアストリアスさまが……なんだか、なにもかもが、あまりにめまぐるしくて、いったい何がどうなってしまったのか……」

「アストリアス」

マリウスが眉をしかめる。

「きいたことがあるな、その名前。……なんだっけ、モンゴールの騎士かなにかだったかなあ」

「《ゴーラの赤い獅子》と名乗っておりましたよ」

リギアが云った。

「私も以前、会っていたような、いないような――いや、おそらく話にきいただけでしょう。少なくとも《ゴーラの赤い獅子》とうたわれた赤騎士隊長アストリアス子爵といえば、それなりに名は通っておりましたけれども……その活躍はモンゴールでのことに限られておりましたし、私は……お恥ずかしい話ですが、ナリスさまがアムネリス公女との婚礼を強いられ、偽りの婚礼のたくらみをめぐらされたあのときには、私、身をやつしてモンゴールの将官をたぶらかすためにいやしい踊り子……のようなものに化けていたのです。アストリアス子爵がナリスさまをアムネリスとの婚礼の席で暗殺しようとしたときには、私、リナと名乗ってカースロンという、モンゴールの武将の妾になっておりましたわ」

「なんて遠い昔に思えるんだろう」

マリウスはきゅうと低く口笛をふいた。

「そういえば、そんなこともあったね！　云われてみれば……遠い昔の記憶をたぐるみたいに思い出されてくる。……そういえばぼくも、そいつをだますためにひと役かったよ。ヴァレリウスに頼まれて、そのアストリアス子爵と接触し、アストリアスをたぶらかして……そんなこともあったっけ。うわあ、なんだか、先史時代のことでも思い出しているようだ。なんて昔なんだろう。そうして、ナリスがアストリアスに暗殺されたと信じてアムネリスは涙ながらにモンゴールに帰ってゆき……ぼくは……」

ちょっと、マリウスは黙り込んだ。何かひどく辛い思い出が、マリウスの胸を突き刺したかのようであった。

「ぼくは、ぼくで……その前後にはずいぶんいろいろあったんだけれども……それも遠い昔だもの……そう、あのころは、いろいろと大変だったね。――なんだか、本当にもうあれから百年もたったような気がする……」

「そう思われても不思議はございませんね。どの一年をとってみても、世のつねのひとの一年の十倍も、二十倍もといっていいほどいろいろなことが詰め込まれていたように思われてなりません」

しんみりとリギアが云った。

「なんて、変転ただならぬ世の中であることでしょうか。……私でも、一年前に自分がどうしていたのか、二年前はどうか、三年前は……とひとつひとつ、思い出してゆかねば、あまりの変転の激しさに、ただ押し流されてゆく木の葉のようになってしまいます」

「なんて不思議なヤーンの導きなんだろう……」

マリウスはつぶやいた。

「そして、ここで……またリギアと会うというのも。結局、リギアもぼくもパロを捨ててきてしまった……ということは、パロにはいま、ヴァレリウスしかいない、リンダのそばには、ヴァレリウスひとりしかいない、ということだね。いや……そのヴァレリウスも、これはまあぼくたちと違って出奔してしまったわけじゃないけれど、いまはグインを探す遠征隊に加わってケイロニア軍とともにあるんだから……ということは、リンダを守っているのは誰なんだろう？」

「とりあえず……アドリアン子爵はおりますけれどもね。でも確かにいまはパロはとても手薄なのは認めざるを得ませんね」

リギアはちょっと身を震わせた。

「もし、いま、どこかの国が——ゴーラが、とはいわずとも、クムなり、どこでもがパロの実状を知り、野望を抱いたとしたら、パロは——いとも簡単に落とされてしまうでしょうね。リンダさまはどれほど勇敢でも、やはり武将にはとうていおなりになれませんもの。いまのパロには……宰相までも国もとをあけて、まったく武将も頼りになる重臣もまともにおらぬ、という状態ではないのでしょうか。リンダさまもさぞかしお心細く思っておられるでしょう」

「たくさんの人が、あのパロ内乱で死んでしまったしね……」

しんみりとして、マリウスは云った。

「でも……それはモンゴールも、ユラニアも同じだけれども」

「その慨嘆は慨嘆として」

グインがいささかもどかしげに話をさえぎった。

「そのお前たちの気持はわからぬではないが、いまはまだ、そうしてちょっとほっとするにはあまりよろしくない時期だ。いまにもまた、《風の騎士》アストリアスが本隊と合流し、フロリーとスーティをとらえにこの家を探しまわっているかもしれぬ。フロリーには大変気の毒だが、もうこのあたりは、とうていフロリーにもスーティにも、安全な場所とは云えなくなってしまったようだ」

「は……はい……」

フロリーは悲しそうにうなだれた。

「村のひとたちにも、とんでもない迷惑をかけてしまいましたし……」

「このさいは、村人たちよりも、おのれと、そしてスーティの身を案じるのが先だと思うぞ、フロリー。――この家は、正直いって、それほど発見されにくいわけではない。雨が池のこちら側に騎士たちがまわりこんでくれば、大勢で探せば比較的簡単に見つかってしまうだろう。俺は、もう一刻もここにはいるべきではないと思う」

「まあ……」

フロリーは恐慌にかられてスーティを抱きしめた。

「どうしたら……ど、どうしたら……」

「俺の勝手な考えをいってもよいか」

「ああ、どうかお願いいたします、グインさま。わたくしもう、どうしてよいかわからないのです」

「俺の考えだが」

グインはリギアと、マリウスと、そしてスーティを抱きしめたフロリーを見回した。

「フロリーとスーティはいますぐ、この地をはなれ、どこか安全な場所を求めて旅立つべきだと思う。そして、マリウスもだ。アストリアスはマリウスとのあいだにもかかわりあいがあるようなことをいっていた。マリウスもねらわれている、と思ったほうがいい」

「あれをやれといったのはヴァレリウスなのに」

マリウスはぶうぶういった。

「ぼくはヴァレリウスに命じられたとおりに動いただけなのに。……だのにどうしてぼくが恨まれなくちゃいけないのかな。恨まれるとすればヴァレリウスだと思うんだけれど」

「そんなことを云っている場合ではない。もうちょっと実際的になってくれ、マリウス。――ともかく、かつてがどうあれ、いまのアストリアスが、恨みにもえ、復讐の思いをかかえた物騒な存在であり、しかももはやただひとりの無力な存在ではなくて、何百人もの配下をしたがえ、場合によってはもっとそれが増えるかもしれぬという危険をはらんだ存在なのだ、ということを忘れてはならん」

「それはまあ……忘れやしないけど……」

「俺は……」

グインは一瞬迷った。それから、瞬間に心を決めて、リギアをまっすぐに見た。

「このようなことを隠しておくのは危険というものだろう。ことに、これからともにしばらく行動することになるかもしれぬ相手にはだ。マリウスにはもうとっくに打ち明けた話だが、俺は実をいうと……すべての記憶を失ってしまった。マリウスの話によれば、その——俺が記憶を失うにいたった原因というのは、どうやら、パロで、俺がパロ内乱とやらにまきこまれて、古代機械とかいうものを操作した、そのあたりにあるらしい。そのへんのことは俺にはいっそう何ひとつわからんのだが、確かなのは、俺が意識を取り戻したとき、俺はノスフェラスにあり、そしてそれまでの記憶をすべて失っていた、ということだった——あ、いや」

グインは、リギアとフロリーが何か云おうとし、またマリウスが当然口をはさもうとするのを手をあげていそいで制した。

「このようなことをいうのはただの前置きなので、とりあえず聞いてくれ。俺は、記憶を失ったまま、いろいろなことを、俺のことを知っている人々に知らされて中原に戻ってくることになったが、実のところ、ケイロニアの捜索部隊が俺を捜索している、という、その話をきいて、あえてその部隊と落ち合うことを避けてこの方向へやってきた。当面の俺の目的は実はパロの女王リンダと会う、ということだった。なぜかというに、俺のなかには——ほとんどすべての記憶は失われていたのだが、『リンダ』ということばだけが非常に強い印象を俺に残していたからだ。あるいは、その、リンダという名前の女性と出会ったら、俺の記憶は戻るのではないか——そう考えて、とりあえずパロを目指そうかとしている道中で、スカールどのにも会い、またマリウスともめぐりあった。

マリウスからは実にさまざまなことを教えてもらったが、教えてもらった、というだけで、まだそれは、俺にとっては、自分自身の記憶として立証されてはいない。いや、それはマリウスが偽りをいったというようなことではなく、俺のなかで、実感として、いろいろな記憶と結びついていない、ということだ」

「でも……」

「それは……」

また何か言いかけるリギアとマリウスを、グインはまた制した。

「俺はどのみち、パロを目指してゆくところだった。それに、マリウスの話によれば、パロは俺の……俺が記憶を失うにいたったそのきっかけとなった場所でもある。とりあえず振り出しに戻って、なんとか事態を展開できぬかどうかやってみたい。そう思って、俺はパロを目指そうと思っていたのだが——俺が思うに、イシュトヴァーンの近くにいることは、別の意味でフロリーとスーティには危険だ」

「危険……」

びくっと、フロリーは身をふるわせ、スーティをいっそう強く抱きしめた。

「イシュトヴァーンとは、俺は……かつてどのような引っかかりがあったのかとも知らぬままに、ルードの森で遭遇した。イシュトヴァーンはむろん俺が記憶を失っていることは知らぬ。何回か、あやしまれたが、なんとかごまかし通した。うすうす疑われているかもしれぬが、たぶんまだ確信は持たれていないだろう。……だが、それで俺の見たイシュトヴァーンの所業はなかなかに恐しいものだった。彼はモンゴールの独立運動のために戦っていた一味を女子供にいたるまで皆殺しにした」

フロリーが低く叫び声をあげたが、あわててかみころした。

「フロリーにとっては大切な恋人かもしれぬが、また、同時に俺は、イシュトヴァーンにはすでにアムネリスとのあいだにドリアンという一子がいる、ということがとても気になっている。ドリアン自体はまだ幼いからそのような野望をもつにもひまがかかろうが、そうしてさまざまなひっかかりがある場所には、きまってさまざまな野望をもつやからがあらわれる。――またイシュトヴァーンは、マリウスに話をきくだに、あまりにもさまざまな恩讐と愛憎とのしがらみにからまれきっているようだ。そうであってみれば、モンゴールの独立派、アストリアスのようにイシュトヴァーンを憎みうらみ、復讐を誓う者、ほかにもさまざまな底流があろう。――フロリーとその子スーティの存在が知られることは、そのようなイシュトヴァーンを取り巻くどろどろとした黒い感情の激流に、このようにか弱い者たちをあえて投げ込んだり、近づけることになる。俺はそれはよしたほうがいいと思う」

「は……はい……」

「フロリーは、イシュトヴァーンに会いたいのか？　イシュトヴァーンに会って名乗りをあげ、もはやアムネリスがおらぬいまとなっては、おのれがイシュトヴァーンの寵姫にほかならぬとその地位回復を求めてゆきたい、という気持はあるのか?」

グインは確かめた。仰天したようにフロリーが目を見開いた。

「い、いいえ! いいえ、とんでもない!」

「イシュトヴァーンが恋しいのではないか?」

「それは……それは、イシュトヴァーンさまは……わたくしにとっては生涯たったひとりとさだめた……ミロク教徒のわたくしにとっては、操を捧げたからにはそのかたが、そのう、たとえひとたびだけのお情を受けただけでも、終生の心の良人でございます。……でも、それと……これとは……わたくし、それでは、亡くなられたアムネリスさまにあまりに申し訳が立ちませんし……スーティがいますし……スーティをそんな、宮廷の陰謀劇などには、絶対に巻き込みたくございませんし……」

「なるほど。では、どこか静かで安全な場所でスーティを養育し、平和で幸せな状態でひととなってほしい、というのがあなたの願いだと思って良いのだな」

「はい」

フロリーはしっかりとうなづいた。

「それがわたくしのただひとつの願いでございます。それは……イシュトヴァーンさまにお目にかかりたく思うときもありますけれど……逆に、いまになって、わたくしなどが出てきましても、イシュトヴァーンさまにはただただ御迷惑なだけで……そもそもイシュトヴァーンさまは、あのときにもべつだん、わたくしをいとしく思って下さったわけではなく――ただ、わたくしが身の程知らずな告白をしたばっかりに、わたくしに興味をもたれて……それで、その……面白半分にお情けをかけて下さっただけだと思いますし……」

「聞いてると、ちょっと苛々してくるなァ」

リギアがちょっと舌打ちして云った。

「ねえ、フロリーさん。あんまりあなたのこと、よく知ってもいないのに、こんな余計なことといって申し訳ないけれど、あなた、なんで、そこまで自己卑下ばかりしているわけ？　そんなに、自分のことを、ちっぽけな、とるにたらぬ者と思うことはないじゃないの？　イシュトヴァーンだってもとをただせばただの野盗あがりの傭兵よ。むしろ、れっきとしたアムネリス大公の侍女という高貴な身分にあったあなたを、弄んで捨てた悪い男じゃないの。――どうして、そんな男にそんなにまで操をたてるの？……ミロク教徒じゃないから、余計なことをいっているのかもしれないけれど、一度や二度抱かれたからって、それが何だっていうの？　そんなことを云っていたら、私なんか、一生が百や二百じゃあきかないくらい、一生操を捧げなくちゃいけない相手はたくさんいるわよ。――あら、ご免なさい。余計なことをいって」

「い、いえ……」

フロリーはちょっと恐ろしそうにリギアを見た。確かに、このくらい、見かけから気性から、何から何まで天と地ほど異なっている二人の女、というものもそうそういるものではなかったであろう。ほっそりといまにも消えてなくなってしまいそうに小柄な、寂しげな顔のフロリーと、女にしては大柄でたくましく、浅黒く日に灼けてきつい目をしたリギアとでは、その外見の極端な違いだけではなく、内面的にはさらにいっそう、まるで生物としての種が違ってしまっているのではないか、と思うくらい、あまりにも共通したものがなさすぎるようであった。

「すみません……」

消え入るような声でフロリーが云ったので、リギアはさらに苛々したようだった。

「なんで、謝るの？　なんで、そう――いつもいつも謝ってばかりいるの？　自分が悪いわけでもなんでもないんだから、謝ることはないじゃあないの」

「いえ……あの……す、すみません……申し訳ありません……わたくし、口下手で、思ったことも……思うように云えなくて……」

「そうじゃないんだけどもなあ……」

リギアは苛立ちをこらえるようにつぶやいた。スーティは子供心にもなにやら大変なことがおきていると思ったらしく、じっとフロリーの膝の上で大人しくしていたが、事ここにいたると、どうやらリギアが、大事な母を苛める悪い人間である、と解釈したらしく、「ぶー！」と云いながらリギアをにらみつけた。リギアは知らん顔をしていたが。

「まあ、その話はあとでもよかろう」

グインが苦笑して口をはさんだ。

「俺が云いたかったのはそういうことではないのだ。——俺は、もしもフロリーがこの地に未練がないのであれば、フロリーはこのさい、思い切ってモンゴールを離れたほうがよい、と云いたかったのだ。——フロリー、どうだろう。パロを目指してみるつもりはないか」

「パ——パロ……でございますか……？」

それは、想像もしていなかったらしい。フロリーは目を大きく見開いた。

「そう、パロはいまのところとりあえずは平和のようだし、俺はパロを目指している。むろんリンダ女王に会ったところで俺の記憶喪失は回復せぬかもしれぬ。だがやってみる価値はある——それに、俺は、マリウスにはいろいろ話したとおりの事情で、当分ケイロニアには戻りたくない。というか、戻る、といっていいのかどうかもわからぬが、おのれの記憶というよりあとから植え付けられた知識がかなりあてになるものだと確信できるようになるまでは、ケイロニアに戻るのは非常によくないことだと俺は考えている。パロにむかうのはいわばその時間稼ぎの意味もある——だが、マリウスは、それにつきあってくれると約束してくれた。――どうだろう。このままこの地を見捨てて、フロリーとスーティも我々に同道してパロを目指す、というのは。――リンダ女王というのは話のようすでは非常に親切で優しい女性のようだ。場合によってはフロリーを側仕えに召し抱えてくれたり――あるいは、そうはせぬまでも、宮廷のどこかにおいてくれる可能性もあるのではないかな。そうしたら、フロリーも安心してスーティを育てられるというものだぞ」

「ま――まあ……」

フロリーは目を大きく見開き、スーティをぎゅっと抱きしめた。

「それは……わ、わたくしには……願ってもないことでございますけれど……でもわたくし、何も……パロには縁もゆかりもございませんし、それがそのようなことを、お願いしたらあまりにも……そのう、あつかましくて、きっと、リンダ女王陛下には驚かれたり……いやがられたりするのではないかと……」

「大丈夫。リンダはそんな女性じゃない」

マリウスが断言した。しばらく、黙っていたので、彼の喋り本能の忍耐は極限に達していたようであった。

「彼女はぼくのいとこだけれどね。とてもいいひとだよ――優しくて、情もあついし。それはいい考えだと思う、というか、素晴しい考えだと思うよ。さすがグイン、ケイロニアの大軍師だと思うなあ。ぼくも、さっきの話をきいて、あまりにもリンダの周囲が手薄なようだからちょっと心配になっていたところだし――もう戻らないつもりではいたけれども、ケイロニアと違ってもちろん、戻って不都合があるわけじゃあない。ぼくも一緒にいってあげるよ、フロリー……大丈夫、パロにもミロク教徒はいると思うし」

「え……？」

気の毒なフロリーが驚いたのは、だが、そんなことではなかった。

「え……？　マリウスさまは……パロのリンダ女王陛下のい――おいとこ様でいらっしゃる……？」

「あ、しまった。云っちゃった」

マリウスは舌を出した。

「どうもリギアと一緒にいると警戒心がなくなっちゃって……それにグインも知ってることだし。まあいいや、きみだって結局のところアムネリス大公の侍女だったんだから。そのう、ぼくは……どういったらいいのかな、リギアは――パロのリギア聖騎士伯はぼくにとっては乳きょうだいにあたるひとで……そして、ぼくはその……パロの宮廷にいるのがいやで出奔してしまったんだけれど――おおもとをただせば、パロの一応……」

「まだちゃんと身元もおっしゃってなかったんですね」

つけつけとリギアが云った。

「このかたはパロ聖王家の、いまとなっては第一王位継承権者、第一王子アル・ディーン殿下です。——亡くなられたアルド・ナリス陛下はこのかたのお兄さまで、だから、リンダ陛下はこのかたにとっては、いとこであるだけではなく、義理の姉にもあたっておられます。——でもこのかたの身元はそれだけじゃあないんですけれどね。その上のことは、御本人が隠したいようでしたら、あえて云いませんけれども、なにくわぬ顔をして旅の吟遊詩人で通そうとしたところで、所詮、お生まれはお生まれなんですよ。無駄な隠し立てはもう、本当におやめになればよろしいのに」

2

「まあ……」

フロリーはかよわい声でいった。

しばらく、奇妙な沈黙がおちた——フロリーは、この新しい事実をどう考えてよいのか、よくわからないようであった。

「そんな……そんなことって……」

「そんなの、関係ないからさ」

困惑したようにマリウスが云う。

「ぼくにとっては、いまのこのすがた、吟遊詩人のマリウスがじっさい、ぼくの人生の一番大切なすがたなんだ。それ以外のものは……いろいろあったけれど、みんな置いてきてしまった。ぼくには似合いもしないし、ほしくもないものばかりだった。——そして、ぼくはそんな名前で呼ばれているものは自分自身とは何のかかわりもないと決めてしまった。そうして、何もかも捨てて旅に出たんだ。——大丈夫、ここにいるのは、フロリー、そうやって何かを捨ててしまった人たちばかりだよ。何も気にすることなんかない。グインだって、ケイロニア王ではあるけれども、ケイロニアの救援部隊と合流することを恐れてこうして一介の傭兵として旅に出てしまった。リギアだってもとをただせばパロの聖騎士伯だ。そしてフロリー、きみだって、アムネリス大公のおそばづかえの侍女という身分だったんだろう。——我々はみんな似たものどうしの運命にあるんだと思うよ。それぞれに、違う苦しみやふしぎなめぐりあわせに導かれてここにたどりついたのではあるけれども。でも、ぼくたちはたぶん……そうだね、ぼくたちはたぶんそのの、ふつうよりもずっと劇的な運命をたどらされたおかげで、よりよくきっと人生と現実について知るようになったと思うよ——偉そうな貴族の男女がふんぞりかえり、それでいて本当の《本当のこと》は何も知らないままでいるあんな宮廷なんていうところにいるよりもね！——宮廷なんてどこも同じだ。あんなところに、人生の真実なんか、どこにもないんだ」

「……………」

そういわれても、フロリーは急にはそんなふうにマリウスへの見方をかえることが出来なかったらしく、心細そうに、はじめて見るものをみたようにまじまじとマリウスを見つめるばかりだった。

だが、グインは、あまり長いことそのフロリーの困惑にかまっているわけにもゆかなかった。

「まあ、それはそれとして、ともかくあまり長いことここにとどまってはおられぬ、ということははっきりしている。どうだろう、フロリー、そこで落ちつくかどうかはさておき、まずパロを目指し、リンダ女王を頼るというのは。——そうすれば、我々もとても助かる——というか、当初の目的をかえずにもすむ。その上、そういう事情で、リンダ女王に対しては、マリウスという願ってもない仲介者がいる」

「ぼくなんかより、彼女はあなたのほうをずっと信用しているし、恩義に感じているよ」

マリウスが云った。

「だって彼女は、あなたがパロを救ってくれたと思っているんだもの。また事実そのとおりなんだし。だから、あなたが頼み事をしてフロリーをかくまい、スーティがちゃんと無事に育つようにパロの宮廷の片隅に場を与えてやってくれと頼めば、もちろんことわったりするわけはない」

「おお、そんなわけには参りません。グインさまやマリウスさまはどのようなおつながりがあろうと、わたくしにとってはパロの宮廷もリンダ女王陛下もまったく雲の上のおかた、そのような貴いおかたにそのようにあつかましく……」

「いいじゃありませんか。この連中がそうしてくれるといっているんだから」

またしてもちょっと苛立ってリギアが口をはさんだ。リギアはどうも、フロリーを、苦手——とまでいうわけではないにせよ、かなり、リギアの性格からするとどうにももどかしくてならぬようであった。それも無理はなかっただろう——リギアはパロ宮廷ではつねに、女の身でありながら、おどろくべき暴れん坊としてやりたい放題をやるとんでもない型破りの貴族の令嬢として噂のまとだったのだ。そして、おそらく、そうしたうわさをさかんにたてるのも、フロリーがモンゴールでその一人であったような、女官たちの群れが一番であったのだ。

「それともほかにどうか出来ることがあるとでも？　もしほかにこっちにゆくあてがあるからそこに落ち延びたいとか、それとも自分はこうしたいということがあるんだったら、何でもおっしゃったらいいと思うわ。この人たちは親切だし、優しいから、そこまでフロリーさん母子をちゃんと送り届けてくれると思いますよ。でももし、そういうのがあるんだったら早く云わないと——こんなところで、うだうだと言い争いをしたり遠慮をしていたりして、それで手遅れになってあの《風の騎士》の部下たちに取り囲まれたりしたら、それこそグイン陛下たちにひどい迷惑をかけることになるのよ。わかっている？　ことにマリウスさまは、そのむかし、あのアストリアスをだましてナリスさまの暗殺といういつわりの計画を実行にうつさせるのにひと役かっている。その意味でも、《風の騎士》アストリアスがいまマリウスさまを捕らえたら、どうなるか、想像がついて？」

「い……いえ……あの……」

「きっとアストリアスはマリウスさまを拷問にかけるわ」

リギアはおどすようにフロリーをにらみつけた。

「すぐ殺してしまうようなことは逆にしないでしょうけれど、あいつはずいぶんと執念深そうに見えたし、それに何といってもそのために、確かに長い長いあいだ苦しんでいたらしいし――何年、地下牢に幽閉されていたといっていたかしら、五年？　それなら、そのうらみもまあ、無理からぬところもあるとは思うけれど……マリウスさまを捕えたら、きゃつは大喜びでマリウスさまをいたぶるでしょうよ。このかたのせっかくのオフィウスの弁舌も歌声も、ひとをたぶらかす魅力も役にたたないだろうし、おそらくはあいう朴念仁の復讐鬼にこのひとの色香なんてものも通用するとは思えないから、たぶんさんざんな目にあったあげくに処刑されるっていうことになるんでしょう。一応あなたによくしてくれているひとたちをそんな目にあわせて平気？」

「い……いえ、とんでも――とんでもない……」

フロリーは驚愕して両手をねじりあわせた。スーティはまたこの「怖いおばたん」が大切な母様を苛めるのだ、と思ったらしく、怖い顔をしてリギアを睨みつけていた。

「とんでもない……わたくしは、ただ……」

「だから、いますぐとにかく動き出すべきだわ。――たとえ、パロにでなくてもね。とにかくここを出て――モンゴール側に戻るのは避け、どこかもうちょっと安全を確信できるところまでいったんでもいいから落ち延びましょう。どうしてもあなたが決心できないというのならそこでまた相談してもいいけれど、どちらにしてももうこのあたりにとどまっていることは無理よ」

「はい……いえ、それは……それはもう、このようなことになったときから、覚悟の前だったのでございますけれど……」

フロリーは思わず涙ぐんだ。

「それはもう……いますぐにでも……出発していただいても、わたくし……持ってゆきたいものもございませんし……そもそもが身ひとつでずっと流浪していたのでございますから……」

「だったら、四の五の云わずにすぐ出発しようじゃない」

リギアはいくぶんつけつけと云った。

「荷物だってまとめてあるんだし。いったんはこの小屋だって捨てるつもりだったんでしょう。――だったら、何も考えることなんかないわ。いますぐ出かけましょう。小さな子供を連れてるんだから、ちょっとでも急がないと手遅れになるわよ」

「は……はい、申し訳……申し訳ございません……」

「なんで、あやまるの？」

　また、いささか苛々したようすでリギアは指を鳴らした。

「何もあなたがあやまる理由はないでしょう？　それよりも、グイン陛下。私、考えていたのですけれど」

「ああ」

「最初は、陛下がスカールさまとお会いになった、という話をうかがって、私、すぐにでもスカールさまを探して旅立つつもりで――パロへ逆戻りもいたしたくございませんし、お供はいたしかねる、と思ったのですけれど……どうも、ようすをみていてだんだん気持が変わってきました。――この顔ぶれでパロまでの旅をなさるとしたら、とにかくご苦労なさるのは陛下ですわね」

「まあ……そういうことになるかな」

「このなかで剣のたつのは陛下だけですし……といって陛下は、ひとまえにそのあまりに名高い豹頭をさらされるわけにもゆきませんでしょうし。……それに、一応……何をいうにもやはりこのかたは私にとってはナリスさまの弟御でもあれば、ともに育った仲でもございます。――むげに見捨てるわけにも参りませんし。……そういうわけで、パロまではちょっとお供いたしかねますけれど、このしばらくは《風の騎士》アストリアスの追手を恐れながらの旅になられることと思いますし、とりあえず無事にアストリアスの追手を振り切って、もう大丈夫と確信がもてるようになるまで、私も御一緒にゆかせていただきます。——そのかわりと申してはあつかましゅうございますが」

「ああ」

「お別れいたすあかつきには、陛下は、その……陛下の信頼される魔道師がいまスカール殿下と御一緒にいて、その魔道師と連絡がつけられるであろう、とおおせになりました。もし、もうこれで大丈夫と陛下がお考えになったときには、恐れながら、陛下のお力を拝借し、その魔道師と御連絡をつけていただき……スカールさまの居場所を教えていただけたらと思うのでございます。そうしたら、リギアはスカールさまのもとへまっしぐらに飛んで参りますが」

「そのくらいはむろんたやすいことだ。それに、本当は、お前にそうして守ってもらわねばならぬとも思えないが、しかし確かにこの当分は手がわりや斥候に出てくれるもの、あるいは俺がそうしているあいだこの者たちを守ってくれるもうひとつの剣があるにこしたことはない。——よかろう。では、それは約束しよう」

「こういう言い方をしては何でございますが、取引、成立した、ということですわね」

リギアはにっと笑った。

「私もスカールさまのお身の上が心配で心もそぞろではございますが、でも一方では、マリウス——というよりもディーンさまのお身の上とても、心配でないわけではございません。――薄情なこのかたはもうお忘れかもしれませんが、私は十六歳になるまではこのかたと兄上と御一緒に、私の父の邸や湖畔の離宮でともに育ち、そのころはまことの弟とも――恐れ多いことながら思っていたものでございますから。その後これだけお互いに道が遠くはなれてしまっていても、そのあとにまた、こうしてめぐりあってしまうというのも、そうしたえにしのなせるわざ、ですから、とりあえずこれは、マリウスさまを守れ――という、ナリスさまのみ魂のお言いつけなのではないか、と思ってしばらくはそうさせていただくことにします」

「そうしてくれれば、助かる。で、いつ出かける。俺は何もべつだん支度もいらぬ。すぐいまからでも出られるが」

「ぼくももちろん」

「私はもとより旅の人間ですから」

「わ、わたくしも――わたくしも大丈夫です」

あわてて、フロリーは云った。

「荷物ももうまとめてありますし……でもあの……あのう、このようなことをいって……また面倒なやつとお叱りを受けるかもしれませんが……」

「何なの。早く云いなさいよ」

「あの……ガウシュの村のことは……どうなるのでございましょうか？」

フロリーはちょっとためらいながら目に涙をうかべた。

「このままにしておいて……なんだか、あのひとたちにもっと悪いことがふりかからないかととても案じられて……みんないい人たちでございますし、それはわたくしによくしてくれたのですけれども……でも……」

「それは、このさい、諦めてもらうしかない」

グインはきっぱりと云った。

「確かにガウシュの村人たちの運命は気にならぬわけではない。だが、ガウシュの村とその村人たちを救うために全力をあげることは出来ぬわけではないが、本隊と合流すれば《風の騎士》の光団はおよそ三百五十騎、それをすべて片付けるには、俺とリギア二人では相当な策略も用いねばならぬだろうし、時間もかかろうし、また、そうして三百五十騎の、モンゴール側からいえば愛国の戦士かもしれぬものを全員皆殺しにするというだけの理由も俺にはない。——むろんだからといって、ガウシュの村のものたちにかれらが加えた暴虐をよしとするわけではないが。だが、それにもまして、お前にはもっと守らねばならぬスーティというものがいるのではないか？　ここは、のちになんらかのかたちでガウシュの村人たちの運命を確認し、そして出来うる範囲で援助の手をさしのべる、ということを望みつつ、それこそミロク神にでも祈りながら、まずはおのれの身の安全を確保する以外にないのではないかな？」

「は……はい……」

蚊の鳴くような声でフロリーは答えた。そして、そのまま、黙り込んでうつむき、早くも、グインのいうとおりに、ひたすらミロクに祈っているようすだった。

そのようなわけで、かれらは、あわただしく、さらに残っていたわずかな食糧や荷物や、それに飲み物などを荷造りして、小屋を見捨てることになった。幸いなことに、まだ、《風の騎士》の一隊はこのあたりまで戻ってきてはいないようすで、外にでて気配をうかがってもあたりは静かそのものであった。フロリーは、そっといろいろなものを片付けると、わずかばかりの荷物を背中に背負い、スーティの手をひいて外に出てゆき、扉をしめた。かぎはかけないままであった。

「中に……お入り用のものがあれば、なんでもお持ち下さい、なんでもお使い下さい、私はもう使いませんから、と書いておきました」

フロリーは涙をおさえながらいった。

「申し訳ございません……感傷的なやつ、とお叱りになられてもしかたありませんけれど……でもわたくし、ここで……ほんの短いあいだでしたけれど、一生のなかでこんなに静かで安全で楽しかったことはないという月日を過ごすことができたのです。可愛いスーティを育て、お菓子を焼いて……向こう岸にわたってはガウシュの人たちに歓迎してもらって。——このちっちゃな小屋ともお別れですのね。もう二度と戻ってくることもありませんのね……私、なんて……なんて不幸な生まれつきなんでしょう。私、家というものを……持ったことがないのです。……これが、はじめての……我が家だったんです。そう思うと……悲しくて……この家との別れがつらくて……」

「ここにいる者たちはみんなだれも家なんか持っていやしないのよ」

いくぶんつけつけとリギアがきめつけた。フロリーは小さくなって身をちぢめた。

「あたしだってもう何年も前に、自分の終《つい》の棲家なんてものは地上にはないんだと思い決めたわ。――あたしにとってはただひとつ、恋しいかたの胸のなかだけが、たどりつきたい先だけれど、それだっていつになるかわからない。もしかしたら、永遠にたどりつけないかもしれない。――祖国も捨てたし、捧げた剣の王も――もうない。自分だけを可哀想がるのじゃないのよ。マリウスさまだって祖国も生まれ故郷も……妻や子供まで捨ててこうして流浪の旅に出てきてしまった。この世なんて、しょせん、旅なのだわ。あたしはつくづくとそう思うわ。この世は――あたしたちの人生というのは終わりのない旅だわ」

「ぼくは妻や子供を捨てたわけじゃない」

マリウスは思わず抗議した。

「むしろ逆だよ。妻や子供に、こういう父親ならもういらないと云われたんだとぼくは思っているよ。……だからってその血のきずなだってかえられるものではないんだし、いつかはまた戻ってゆくことだってあるかもしれないけれど……そのときには、マリニアがぼくを覚えていてくれるかどうかだって知れたものじゃない。……でも、そう……この世は終わりのない旅だっていうのは、賛成だけどね。歌を歌っていい？　なんかとても、むしょうに歌が歌いたくなったんだけれど」

「まだ、駄目だ」

グインが厳しく云った。

「お前の歌がこの前にもかっこうの標的としてきゃつらを導いてしまったようだぞ。歌いたいのはわかるが、もうちょっと待て。今夜になってかなりあいつらと距離をあけたと確信できたら、小さな声でなら歌ってもいいが、お前の声はよく通るからな、マリウス。……ともかく、いまは急ごう」

「馬は一頭しかないですけれど、あたしは、歩けますから、この馬にはスーティとフロリーを乗せたらどうでしょう」

リギアが提案した。

「フロリー、馬には乗れるわよね？」

「あ、あの……」

「乗ったことはないの？　まさか……アムネリス公女といえば公女将軍として、ずいぶん勇敢にあちこち遠征軍を率いて旅していた人のはずよ。そのお気に入りの女官なら、もっと武張った、それこそ云っては何だけれどあたしのような感じのものかとばかり思っていたわ。あなたってば、本当にずいぶん大人しいのね——こんなおとなしくて、よくこれまで、ひとりであんな寂しい山あいに暮らしてゆけたものだわ。つくづく感心したわ」

「それは……スーティもいてくれましたし……ガウシュの村のひとたちもいてくれましたので……」

悲しそうにフロリーは云った。

「馬には……乗ったことがないわけでは、ございません。ただ……たぶん、そんなには乗りませんでしたので……普通に乗って歩くだけならば、きっと……大丈夫です。スーティが歩いていてはさぞかし足手まといになると思います。よろしければ……わたくし、歩くのはいくらでも平気ですから、リギアさまがお馬をお召しになって、スーティだけ……鞍のうしろにでも、乗せてやっていただければ……」

「そのほうがいいかもしれんな」

苦笑してグインは云った。

「いずれにせよ、我々ほかのものは徒歩《かち》だちだ。それほど早くは歩けぬ。——リギアにスーティの面倒をみてもらうのは大変だが、それが一番いいかもしれん」

「あたしが、小さい子を？」

リギアは閉口した顔をした。だが、スーティのほうもそれには負けず劣らず反論があるようであった。

「おばたん、や」

身もフタもなくスーティは断言した。

「こわいおばたん——母様いじめる、め。やなの」

「スーティ。そんなことをいってはいけません。リギアさまは、母様を助けて下さったかたなのよ」

「わるもんだ。おばたん、わるもんだ」

「おお、スーティ。お願いよ……そんなことを云ってはいけません」

フロリーはおろおろして泣きそうになった。

「これはなかなか大変そうだな……ねえ、その馬、ぼくが貸してもらっちゃ駄目?」

マリウスがぬけめなく申し出た。

「ぼくだったらスーティもなついているし、馬にも乗れる。文句ないよ……それにキタラもけっこうかさばるし、馬に乗ってよければ、スーティの面倒をみるよ」

「それでは、そうしていただきましょうかね。あたしには、いささか自信がございません」

リギアは肩をすくめた。

「この馬はマリンカと申します。とても頭のいい――あたしには妹分みたいな大切な子ですから、むやみとお腹を蹴ったり、ムチをあてたりしないで下さいね。そんなことはされたこともないのですから」

「もちろん、しやしないよ。大丈夫」

「思い出すわ」

　思わずリギアは遠い目になってつぶやいた。

「あのマルガの離宮で三人で育っていたころ、乗馬の時間というと、あたしとナリスさまが一生懸命教師についてだく足だの並足だのギャロップだのを習っているあいだに、ディーンさまはこっそりとどこかの片隅に本をもってもぐりこんでおしまいになったり――また、うまやにいって馬に餌をやりながら、馬にでたらめな歌を歌ってきかせたりしていて、すぐ見えなくなってしまったものですわね。……なんて遠い昔なんでしょう。あのマルガの離宮がもう、百年も前のことのような気がします。あのときには、もうしかたがないからこの子は乗るときには馬車に乗ればいい、とナリスさまがおっしゃったものですけれどもね」

「必要に迫られればひとはなんだって覚えるってことだね」

　にやりと笑ってマリウスが云った。

「ずっと、妻と二人で馬で旅してまわっていたからね。――ぼくの妻ってのがまた、ちよっとリギア、あなたに似ているんだよ。口のききかたがつけつけしていてとってもきつくて、さっきからぼくはなんだかまるでタヴィアと一緒にいるみたいな気がしてしかたなかった。――いや、もういまは妻じゃないんだけれども。……彼女も女騎士で、馬も剣も槍もなんでもぼくの及びもつかないくらいうまかったんだよ。――何回かは、剣をふるってぼくを旅先での窮地から救い出してくれたものだしね。……うーん、でもなんだか本当に、あのマルガの離宮なんて、なんて遠い昔なんだろう。まるで遠い昔に見た夢みたいだ」

ともあれ――

かれらは、そのようなわけで、リギアの愛馬マリンカにはマリウスと、これはまんざらでもなさそうな顔で鞍の前に這い上がったスーティが乗り、そのかわりに荷物をみなマリンカの背に積み込むことになった。荷物といっても、当座の食糧のほかには、本当にわずかばかりの包みでしかなかったのだが。

フロリーはズボンなど持っていなかったので、長いスカートに前掛けのままで、ただ上から黒い長いフードつきの分厚いマントをつけただけであった。そして肩からもいくつかの荷物を詰め込んだ袋をかけていた。リギアはまた顔にまきつける覆面をつけ、傭兵のマントをひるがえして颯爽と歩いていた。スーティは馬に乗るのはこれがはじめてだったのだが、少しも怖がるようすもみせず、ただひたすら、とても興奮して面白がっているようであった。

フロリーは、もう、そのような思いをあまりにおもてに出すとリギアに怒られることがわかっていたので、この奇妙なとりあわせの小隊が動き出してから、そっと肩ごしにいくたびもふりかえっては、三年弱をすごした湖畔の小さな家に名残を惜しんだ。彼女の目には涙が一杯になっていた。フロリーはそっとミロクの祈りをとなえた――薄倖な彼女をひっそりと世間から隠してくれていた小さな家は、たちまちのうちに木々にかくれ、山あいに隠れて見えなくなっていった。

3

グインは実のところ、すでにこれでもかなり動きに遅れをとっているのではないかと、内心相当に焦っていたのであった。

その意味では確かにフロリーもマリウスも、およそ実際的とは程遠い性格だということは認めざるを得ない。また、たとえ《風の騎士》アストリアスが、前身はどのような存在であったにせよ、またどのような陰謀に巻き込まれて、どのような苦渋を経たにせよ、いま現在持っているその軍隊がきわめてよく訓練された、動きのすばやいものである、ということも確かであった。

（奴はおそらく、あのまま諦めて引き下がりはすまい。――スーティを対イシュトヴァーン攻略の切り札に、ということがなかったにせよ……フロリーとマリウスを手に入れるまで、おそらく、あやつは……）

不気味な銀色の無表情な仮面の下に燃えさかる真っ赤な怨念に狂ったまなざし――それは、アストリアスの無念と焦燥と、そして長い年月の苦しみをこちらにむかって炎として吹き付けてくるような鬼気に満ちていたと思う。

どのような余人のはかりしれぬ苦しみをなめ、うらみと憎しみに凝り固まった狂おしい歳月を過ごしてきたのか、それによって、かなりアストリアスの精神はゆがめられ、狂わされてしまったのだろうとグインには思われた。

ともあれ、異様な取り合わせの一行大人四人とスーティ、それにリギアの愛馬のマリンカ、という一隊は、フロリーの小さな湖畔のかくれがを出た。そのまま、パロをめざして、一行は道をとりあえず南にとった。マリウスとリギアはどちらも旅馴れてもいたし、多少はあちこちの情勢にも通じていたので、さかんに、このあとどのようなルートをとってパロを目指すべきか、リギアがマリンカのくつわをとり、マリウスはスーティを鞍の前にのせて馬の上から、道を急ぎながら論議していた。マリウスは、ボルボロスの砦近辺までゆけば、クムの版図に入るゆえ、《風の騎士》の部隊も追ってくることは出来なくなる、だからそうしたほうがいいという意見だった。

「そうしたら、そこでリギアには好きなようにしてもらって大丈夫だと思うよ。それから、舟をなんとかして——あまり大きくないのを借りてカムイ湖を下ってタリサまでゆき、そこからやはり水路づたいにルーアンへ出てオロイ湖を渡る。……そうすれば、あとはまた自由国境に入って、サラエムからでもユノからでも、クリスタルはすぐだ」

「それはそうですけれども、でもグイン陛下は人目にたちたくないと思っておられるのでしょう。おまけにスーティもフロリーさんも……ついでにいうならディーンさまもやっぱり人目にたちたくはない。だったら、いっそこのままユラニアの南端をぬけて――タスとボルボロスのあいだをぬけて、クムをななめに抜け、早いうちに自由国境地帯に出てしまうほうがよいのでは？　いくら水路といっても、舟を借りたり、舟をつけたりするときにずいぶん人目にたつでしょうし、それに湖の上ではどこにも逃げ場がありませんよ。――まあ、でも、どちらにせよ、このあとモンゴール南部に入ってくるとだいぶん人口密度も高くなるし、集落も多くなりますし……クムほどではないにせよね……どっちにしても、これまでのようなあんばいにはゆかないと思っていていただいたほうがいいと思うけれど……」

「グインがちょっとでも見られたら、たちまち、ケイロニア王グインがここにいる、とたいへんな評判がたってしまうに違いない。そうしたらほどもなく、アストリアスだけじゃない追手がどこかから何組も必ずかかることになるよ。……舟はなんとかしてぼくとリギアで借りて……とにかくカムイ湖を下っていってしまえばずいぶんとトーラスからはなれることになるんだけれども……」

「でも、オーダイン、カダインのほうが人口はずいぶん多いし……それにあのあたりは平野続きで、身を隠すといってもなかなか大変でしょう」

「そうなんだけれどね……その分逆に、ぼくが商売をして稼いでくるには楽だとは思うしねえ……」

「どうせ、パロに──クリスタルにお戻りになるのですから、いっそそんな難儀を重ねるよりも、あたしか、マリウスさまかどちらか身軽な者が先乗りして、なるべく早くにクリスタルに入って、リンダ陛下にお目にかかって事情を御説明し、どこかまで、迎えの軍勢を出していただくというのは駄目なんですか。もう、いまさら秘密を守るもなにもありませんでしょう。魔道師にでもうまく連絡がとれれば、そうやってパロの軍勢に守ってもらって迎え入れてもらうのが一番なんといっても安全で、確実ですよ」

「それも確かにそうかもしれないんだけど、でもそうすると、そのあいだ……ぼくがさきに使者にたてばスーティが寂しがるだろうし、きみが使者にたてばアストリアスの部隊に襲われたときに危険かもしれないし」

「じゃあ、どうなさりたいんです、いったい？」

「ぼくはべつだんどうしたいもしたくないもないよ……ただ、安全になるべくすみやかに、クリスタルにグインとフロリーとスーティを送り届けたいというだけだ。その後はぼくだって、クリスタルがちゃんとおさまっていることを見届けたら、クリスタルにとどまるとは限らないし」

「でもあなたは私と違っていまとなってはパロ王家唯一の、直系の王位継承権者なんですよ。次にクリスタルに戻れば、当然、マリウスさまがパロの王太子に立太子される、というようなことだって、重臣たちからは要望が出るはずですけれども。そもそも、そのようなおん身でありながら、逃亡してしまわれる、出奔してしまわれる、というのからして……なかなか非常識な……」

「そんなことといったって」

マリウスはふくれた。リギアの前では、マリウスはなんとなく、かつてのあの幼いアル・ディーンになってしまうようであった。

「ぼくは、王太子になんて死んでもなりたくない。それどころか、王宮で暮らせるのははっきりいって十日が限度だ。それをすぎたら、もう、うずうずしてきて、どうにもならなくなってくるよ。そうして、たまらなく、自由を求めてさまよい出てしまいたくなる。でもそれは……リギアだってわかるだろう？　だってリギアだってこれだけあちこち……聖騎士伯の身で、いろんなことをしてきたんだから」

「確かに、いろんなことはしましたねえ」

リギアは認めた。

「いまとなれば、思い出すのも恥ずかしいくらいに、いろんなことをいたしました。それに私も、ずっと宮廷は堅苦しくて我慢ならないと思っていましたから、ディーンさまのお気持がわからないわけじゃありません。でも、やっぱり、一介の聖騎士伯の私とは違いますよ。あなたは、パロの王位継承権者なんですもの。しかもいまとなっては――

「唯一の」

「唯一って……レムスがいるじゃないの」

「レムスさまとアルミナさまは王位継承権はさしとめられているんですよ、ご承知でしょうに。それにあとはもう、ご老齢のマール公やそのご子息マリア伯爵や……ずっと遠い血縁になられますからね。あなたがいらっしゃらないというのならともかく、現実にあなたはこうしておいでになるんですから……」

「もう、死んだものと思ってくれたらいいのに」

いたって無責任にマリウスは云った。

「それにリンダだって、まだ若くて美しいんだから、これから先、なんぼでも、恋をして再婚して……子供だって産まれるのじゃないの？　ナリスにいさまとのあいだには無理としても……そうだ、ナリスにいさまの隠し子なんか……いないか。あの人はとっても品行方正だったものな。うーむ、だからって、ぼくがパロ王家の犠牲になるなんて、そんなの、イヤだよ」

「そんなおことばをきいたら、ナリスさまがおいでになったら、いったい何ていわれるか」

リギアはげっそりしたようにいった。

「昔はあんなにおとなしくて内輪で、とてもとても内気な王子さまでいらしたのに、いつからこんなに悪くおなりなんでしょうねえ。……といっても、リギアもひとのことはいえた義理じゃあないですけれどもねえ。でも、ともかく、いまの問題はそういう話じゃなくて、どうやって無事にパロにたどりつくかっていう、道筋を研究していたはずでしょうに」

「それは、そうなんだけど」

二人がやりとりをしているのを、グインは背中できいて、何ともことばをはさもうともしなかった。フロリーのほうは、自分の身の上や、あまりにもあわただしい変転のことで頭が一杯のようではあったが、それでも、気になるらしく、そうしたリギアとマリウスのやりとりにはひっそりと耳を傾けていた。

スーティはまことに始末がよかった——子供心にも、何かとてもたいへんなことがあって、これまでの平和な生活を捨てなくてはならぬ、と理解したようで、きっと唇を一文字に結び、不安そうな目をフロリーにむけたり、グインにむけたりしながらも、何も文句をいったり、ぎゃあぎゃあ泣いたり騒いだりしようともせずに、いわれるままに馬の鞍の上で、鞍の前にしがみついていた。それに、馬に乗ることそのものは、スーティは早くもとても気に入ってしまったらしかった。

それにおそらくは、最愛の母と、同時にこの短い期間でみるみるスーティの英雄になってしまったグインがともにいることで、スーティにとっては、懐かしい大事な自分の生まれ育った家をあとにして旅立たなくてはならぬという悲しみも不安も相当に軽減されていたのに違いない。あるいはまだ単に、旅がはじまってからあまり間もなかったので、そこまでは実感されていないだけのことかもしれなかったのだが——

いずれにせよ、あたりはまだのどかな山間部だったし、うしろから追いかけてくる追手の声などもきこえはしなかったし、ひづめの音だの、不吉な追撃の物音もなかった。その分、どんどんそちらから遠ざかっていったので——速度そのものは、このような編成であったから、お世辞にも早いとは云えなかったが——ガウシュの村がどうなったか、それもここからでは知るすべはまったくなかった。フロリーはひそかにそのことも苦にはしていたようだが、もう、それについては何も云わず、ただひたすら、胸もとのミロクのペンダントを握り締めては、ときたま祈りのことばをつぶやいていた。

古ぼけてだいぶん角もすりへってあやしくなった、レンガのあいだからたくさんの草がむしゃむしゃと生えている、それでも赤い街道には違いない古い赤い街道が、かれらをつなぎとめていた。それはリギアとマリウスが相談したところでは、あきらかに、ボルボロス砦にむかう旧街道であるはずだった。

「あとこの調子ならものの二日くらい歩けば、ボルボロスの砦の圏内に出ると思うんですけれどね」

リギアは考えながらいった。

「それまでは、野宿ってことにならざるを得ませんが、それはスーティにはきびしいでしょうかねえ。といって、このあたりには人家なんていうものもほとんどないので、しょうがないんですけれども。食べ物くらいだったら逆に、野山のほうが調達しやすいとは思うんですけれどね、このあたりは鳥獣もことかかないはずだから」

「まだ、少しは手持ちの食糧も持ってきてありますので……わたくしたちはそれで大丈夫ですから……どうぞ、あの……御心配なさらずに……」

「あなたたちはそれで大丈夫かもしれないけれどもね、フロリーさん。私たちはみんな、そんなすずめの涙ぽっちでよいっていうわけにはゆかないのよ。ことにグイン陛下だの、あたしはね。あたしはあなたの十倍は食べるに違いないわ。十倍とはいわずとも、五倍は確実ね。あたしたちはそれに、肉を食べたり、お腹を一杯にして、いつでも戦えるように体力をつけておく必要があるのよ。いざ、敵が襲いかかってきたときに、剣をふりまわしてあなたたちを守るのは、あたしと陛下のお役目で……あなたたちは何も出来ないんだからね」

「は……はい。すみません……すみません」

「だから、そう謝ってばかりいないで頂戴」

リギアはまた舌打ちして肩をすくめた。

「まあでもまだ日は高いんだから、きょうの泊まりまでいまから気にすることもないわね。ディーンさまだってグイン陛下だって、野宿には馴れておられるんだろうし。かえって、人里におりてあれこれ面倒のあったほうがお困りかもしれないしね。——いまのとこ、追ってくる気配はありませんね」

グインは云った。

「まず、おそらくあの湖水にそってぐるりとあちこち捜索しているだろうしな」

「我々がパロを目指している、ということはなかなか想像がつくまいし、また、ついたにせよどの道をとるかはかれらにはわかるまい。——すべての道に兵をふせておけるほどの員数はかれらは持っておらぬしな。それゆえ、まあ、この一日、距離をとれば、光の騎士団の追手をおそれる必要はぐんと減じるだろう」

「だと、よろしいんですけれども。心配なのは、このあたりはまだいいですけれども、もうちょっとゆけばもう少し耕地も出てきますし、ということは、人家もあり、集落もあり——農民が畑に出ていて、街道ぞいをゆく我々を見てしまう、ということもありますからね。それを、通報はされないまでも、きかれて、何日前に通ってゆくのを見た、といわれてしまえば、あちらは全員馬ですから……」

「といって、いつかは人家のあるところに出ないわけにゆかないからね、リギア」

マリウスが云った。

「それはそうです。でも、やはりなるべくあとにしたいものですわね。——何よりも、陛下がご窮屈でしょうし。……でも、もし万一、どこかの百姓家ででも寝泊まりさせてもらえる、納屋でも貸してもらえるっていうことになったら……うーん、そうですねえ」

「何？」

「私とディーンさまが夫婦、フロリーさんとスーティがその子供、というのではちょっと無理がありすぎますね。といって、失礼してグイン陛下とあたしが夫婦で、残りのものはその子供たち、というのでは……これまたちょっとマリウスさまのお年がねえ。いや、フロリーさんもさすがにあたしのむすめには見えないだろうな。うーん、一番自然なのは、陛下とあたしが傭兵の夫婦、でもただの傭兵二人でもいいですけど、それでディーンさまとフロリーさんが夫婦でスーティはその子供、というようにいうことでしょうねえ。——いまから、そんな、町中の宿に泊まるときだの、農家の納屋を借りるときのことなどを考えることはないかもしれないし、そんなのこそ、口から先に生まれたような吟遊詩人もおいでになるんだから、そのかたに考えていただけばいいことなんだけれど」

「せっかく二人とも顔を隠しているんだから、じゃあ、ぼくたちは夫婦で子供連れで旅をしている吟遊詩人の一家で、グインとリギアは……そうだなあ、不幸な病で顔を見せることができないのだけれど聖地への巡礼の旅に出てたまたま道連れになった、というようなことにすれぱいいんじゃないの？　それが一番自然だと思うよ。それに、伝染する病だといっておけば、だれもフードの内側をのぞきこんだりしたがらないからね」

「うーん、なるほど、そのとおりですねえ。さすがに吟遊詩人ですねえ。そういうことはすらすら出てくるんですねえ」

「そのくらいでいいんだったら、なんでもないけどさ」

マリウスは笑った。

かれらは——なつかしい家をあとにしたフロリーだけはたぶん別として——しだいに、もうアストリアスの追手からはかなり安全になってきたし、あとはなんとかしてパロのクリスタルの都にたどりつけばもう安全、という、かなり楽しい気分になってきはじめていた。ことに、マリウスはそうであった。マリウスはリギアとそうして真面目な話をかわすあいまにもひっきりなしにフロリーに話しかけたり、前にだっこしているスーティに話しかけたりして、本当はいまにも歌のひとつも歌い出したいようすであった。

もっとも多少はほっとしはじめてはいたものの、武人であるグインもリギアもまだ少しも気を緩めてはいなかったし、ましてやグインはそうであった。まだ、日は落ちるには少し間があったが、夜になれば、リギアのいうとおり野宿で一夜を過ごさなくてはならぬ。だが夜こそ、焚き火をたいてもそれを目印にされることを恐れねばならぬだろうし、このあたりはそれほど獰猛な野獣だの、恐しい山賊だのはひそんではいないとはいうものの、それはたまたままだ遭遇していないというだけで、どこにどんな危険がひそんでいるかは知れたものではない。状況を考えてもとうてい、ほっと気を緩めるには程遠かったのだ。だがとりあえずマリウスのほうは、天気がよく、さやさやと風が吹き渡り、そしてあたりは緑ゆたかな山あいだ、というだけで充分に幸せに感じているようだったし、また、マリウスがそうして機嫌よくあやしているとスーティも機嫌よく馬に乗せられていたので、その機嫌のよさまでをさまたげる理由はかれらにはまたなかった。

フロリーのほうは、おのれの来し方行く末をはじめこれからの身のふりかた、そしてスーティとの将来について、あれやこれやと思い悩んでとうてい楽しいなどと思うことはかなわぬ心境のようであったが、しかし、その思い悩んでいるうちのかなりの部分には、マリウスが関係しているようであった。ときたま、フロリーは、ほっとこらえかねた小さな吐息をもらしては、妙に沈んだ悲しげな目で、馬上でスーティをかかえて鞍上にいるマリウスを見上げたり、また急いで目をそらしたりしていたからである。明らかに、彼女はマリウスの正体を知ってショックを受けていたのだった。そのショックは、グインがケイロニア王であると知ったときや、リギアの正体を知ったときとは、明瞭に比べ物にもならなかったようであった。明らかに彼女は、すでにかなり、《吟遊詩人のマリウス》に心をひかれはじめていたのだ。

だがフロリーは、いまがそのようなことに心をわずらわせている場合ではない、ということも、自分に懸命に言い聞かせているようであった。それに、彼女は、やはりそうして徒歩だちで歩いている三人のなかでは、もっとも分が悪かった。グインもリギアも相当になみはずれて頑健なほうであったし――リギアも、女性としてはけたはずれに、といってもよかっただろう。それに歩き馴れてもいた。フロリーも、この時代の女でもあるし、働き者でもあるから、からだをこまめに動かすのには、馴れっこで、そんな王侯貴族のようなぐうたら癖などはどこにもなかったが、だが、からだの大きさでもわかるとおり、あまりにももともとなる体力が違いすぎている。しかも、ほかのものたちは傭兵の身軽で動きやすい格好であったが、フロリーひとりが、長いスカートに、長いマントをつけ、それに靴も自分で縫った布製のものであった。

フロリーは何も文句ひとつもらさず、健気に歯を食いしばって連れに追いつこうと必死に歩き続け、この《行軍》が一ザン、二ザンと重なってゆくにつれて、こんどは、厄介な足のいたみや疲れのために、あれこれと思いわずらうどころでさえなくなってきてしまったようであった。彼女の布のくつはさっそく破れて、足さきに血がにじみはじめ、相当に歩くのは辛そうであったが、彼女はひとことも弱音をはかずに、懸命に歩いていた。だが、とうとうそのようすをグインが見かねた。

「マリウス。――少し、馬からおりてフロリーとかわってやるがいい。フロリーはかなり足が痛むようだ」

「それは大変」

マリウスはあわてて馬をとめた。急いで飛び降り、フロリーのようすを見てやる。

「なんだ、もっと早くいえばいいのに——あらあら、ひどいことになっちゃってるね。そのクツは自分で縫ったんだろう。そんなにやわらかな布地のやつだもの、こんな山道をずっと歩くには向いてないんだよ。可哀想に、すっかり足が血だらけになってしまったじゃないの。さぞかし、まめも出来ているんだろう。ねえ、グイン、ちょっと休もうよ」

「そうだな。少し息をいれるか」

あたりは、相当歩いてきたはずだがそうとはあまり思えぬ、出発したときとそれほどかわってもおらぬようにみえる山のなかだった。

それでも、ずいぶんかれらは歩いてきたので、もうまったくガウシュの村だの、雨が池だのはいくらふりかえってもそのかげさえも見えなかったし、当然ながらフロリーの小さな小屋のかげもあとかたもなくなっていた。かれらは道ばたにマリンカをつなぎ、リギアが少し水を飲ませてやり、はみをとって自由に草をはませてやって、汗を拭ってやったりしているあいだに、かれら自身も水をのみ、持参してきたわずかな食糧で腹ごしらえをした。スーティも大人におとらぬ旺盛な食欲をみせてまんじゅうだの堅焼きパンを平らげた。

「これを食べ終わったらもうほとんど何もなくなってしまいますわね……」

道のべの平たい石の上にマリウスがひろげてやったマントの上に腰をおろしたので、よほどほっとしたらしく、ぐったりとしたようすでフロリーが云った。

「夜のごはんはどうしたらいいのかしら……何か、わたくしが作れるものでもあればいいんですけれど……火でもおこせれば……でも、火は、危ないんですよね……」

「場所によるだろう。それと、まあ、追手がかかっていなければべつだん問題はないと思うが……どこかに、見晴らしのいい高みでもあれば、ちょっと追手のようすを見られるのではないかと思うのだが、このあたりは、あいにくとずっと同じような山あいを旧街道が抜けてゆくだけの道だし、まだ、それほどのぼりも急になってない。峠をこえるのもまだだいぶ先のようだな」

「でも、ひとつだけ助かることにはこのあたりの山地にはあんまり恐しい動物や猛獣は住んでいないはずです」

リギアが云った。

「いつでも、一番恐しいのは人間ということですけれどもね。……なんでしたら、私、マリンカをとばしてちょっと物見にいってきましょうか。もうフロリーさんのこのようすだと、あまり長いこともちそうもないし、だったらきょうは、それよりももうちょっと安全に夜をすごせる場所を見つけたり、きょうの夜や明日の食糧になるものを調達するのに使ったほうがいいかもしれませんよ。あんまり、初日から飛ばすと、たぶんフロリーさんはかなり早いうちに参ってしまうでしょうから」

「そうだな……」

「あんまり、旅とかしたことはなさそうね？」

　リギアは肩をすくめた。

「本当は、そのような長いスカートで歩くから、いっそう疲れるのよ。それに身を守ったり、敏捷な動きをするためにも、百姓家でもあったら、いやかもしれないけど、男の子の服でも買って着替えたほうがいいんだけれどもね。──それにクツはどうしても、もうちょっと歩きやすいのを手にいれないと、まだこれから半月くらいは歩かないとパロにはとうていたどりつけないですものねえ。ほんとに、忘れていたけど、普通の女のひとにとって、生きるのって、ずいぶん大変なことなんだわね！」

4

　そのようなわけで、リギアはみずから申し出て、愛馬をかって戻ってゆき、どこか高いところから追手のようすを偵察してくることになった。マリウスは本当は、座って休めてほっとしたのでキタラのひとつもかきならして、歌のひとつも歌いたいところであったが、とても、それは危険だろうということくらいはわかっていたので、あえてぐっと我慢していた。そのかわりに、スーティがやれやれとばかりにグインに抱きついて甘えにいったので、フロリーのとなりにすわり、足の手当をしてやろうと申し出た。

「いえ……わたくしあの……大丈夫です……どうぞ、御心配なく……」

「だめだめ、遠慮なんかしていてはだめだよ。だってこれからきみが無事に歩いてくれるかどうかは、ぼくたち一行のいのちづなになるかもしれないんだから。きみが脱落したら、放っておくわけにゆかないだろう？　だから、ちょっとクツを脱いで、足をみせてごらんよ」

「いえ、あの……汚れていますから……」

「いいからさ」

「それに……おお、なんてことでしょう——パロの王子様ともあろうおかたにそんなことをしていただくわけには……」

「きみって、ばかなんだなあ！」

思わず、マリウスは叫んだ。もっとも、それをききつけるなり、スーティがきっとなってふりかえってにらんだので、あわてて首をふった。

「そうじゃない、そうじゃないよ。母様を苛めてるんじゃない。心配しているんだ。……だってそうだろう。もうぼくは王子でもなんでもないっていってるんだよ。それに、もう、妻帯者でもないよ……こないだ、妻から、縁を切られたんだから。ぼくは独身だよ……それに、いまは本当にただの一介の風来坊の吟遊詩人にすぎない。本当はそれこそ、ぼくがずっとなりたかったものなんだ。……宮廷のなかというのはとても窮屈でかたくるしくて、どう考えたってぼくみたいな人間がそれに向いていたとは思えないだろう？　まして、パロの宮廷だよ！」

「そう……ですわね……」

フロリーは困惑しながらも同意した。

「わたくしも……ほんのちょっとしか、パロのかたたちとはおつきあいはありませんでしたけれど……確かにパロの宮廷の女官のみなさまとか、貴族のかたがたは……モンゴールのとは、格式ばっておられることも、いろいろなしきたりの面倒くささだの、格調の高さだのも全然違っておりました。わたくしみたいなぼんくらではとてもつとまらないだろうと思いましたわ」

「誰にだってつとまるもんか！　まして、ぼくみたいな自由な魂になんか」

威勢よくマリウスは言った。

「きみみたいな繊細な人にもだよ。まあ、リギアのことはね……あれは口は悪いし、ぽんぽん云うけれど、悪い人じゃないんだよ。ただ、とてもそのう、女騎士だから、気が荒くてね……きみみたいなやさしいおとなしいひとにはびっくりされてしまうかもしれないけれど、なにせぼくはあのひととは乳きょうだいなんだから……ずっと一緒に育ってきたんだ。そのあいだじゅう、ぼくはけっこう……そのう、大変だったよ。——ぼくの兄さまというひとは、とてもそのう……優等生でね。なんでも……出来ないことがなかった。美しくて……とても美しくて、歌っても何をしても素晴らしくて……」

「おお」

フロリーは思わずさえぎった。そのあとで、そんなぶしつけなことを自分がしたのに気付いて真っ赤になった。だが、あまりにも興奮してしまったので、珍しくそのまま続けずにはいられなかった。

「だって、それは……アルド・ナリスさまではございませんか！　リンダ陛下のご夫君にして、聖騎士伯リギアさまの乳きょうだいといえば……クリスタル大公アルド・ナリスさまにほかならないではございませんか！——ああ、なんてことでしょう、マリウスさまは、ナリスさまの弟御でいらっしゃるんですねえ。おろかなフロリーはそのことさえ、動転してしまっていままでぴんときませんでした。でも、そうなんですね。マリウスさまはナリスさまの弟御でいらっしゃるんですね。……ああ、でも、おもざしにどことなく……いえ、でもおぐしの色も、お目の色もみんな違っておられるし、それにあんまり……あんまりとてつもなくて、こんなところで吟遊詩人と出会ったら、それが——それがあのナリスさまの弟御だなんて！　リギアさまとマリウスさまが出会われたときにもずいぶんとおふたりとも、驚いておいでになりましたけれど、これはいったいまたなんというミロクのみわざなんでしょうか！」

「まあ、ぼくたちだとそれはヤーンのえにしだというところだけれど」

マリウスは苦笑していった。

「そうか、ぼくはナリスの命令をうけて——こっそり占領下のクリスタル・パレスを脱出し、吟遊詩人に身をやつして——あのころはまだ、身をやつしていただけだったんだよね……それでいろいろとパロのために働いていたから、それできみとはかけちがってまったく会ったことがないんだな。——アムネリス公女の一行がパロに入ってくるのとこんどはひきかえに、ぼくはトーラスに下ることになったし。——なんだか、それもいま思うととてもふしぎな運命の糸にあやつられていたんだね。あのころに顔をあわせてそれと知っていたらどうだったんだろう。——本当にヤーンのなさることというのは不思議のかぎりというほかはない」

「そう……そうですわね……ああ、本当に。……でも、フロリーも……いまだに、ナリスさまのことは忘れかねております。いえ、忘れるなんてとんでもないですけれど……何から何まで、この世に二人とはおいでにならないようなかたでした。あまりにもお美しくて……なんでもお出来になって、お歌もキタラも武芸も素晴らしく……アムネリスさまが、あのかたが亡くなられたと信じられたとき、どんなに泣かれたか……どんなに絶望されて……あのときには、かたじけないことですが、フロリー以外のものは寝室に入ってきてはならぬといわれて、ずっとわたくしがお食事だの、お飲物だの——お運びしたんでございます。あのときのアムネリスさまの、見るもおいたわしい愁嘆はいまだにまざまざと……思い出すと胸がいたみます。……ああ、あれももう——いったい何年前のことになったんでしょうか……」

「アストリアスが五年間牢にとじこめられていた、っていうんだったら五年だな。いや、そのあとに多少は潜伏していたみたいだから、六年くらいたったのかな。そう思うと……もうナリスが本当に死んでしまってからも、もうずいぶん日がたってしまった。そしてきみの主君のアムネリス大公、いや、ゴーラのアムネリス王妃も……」

「ああ……」

フロリーはちいさな両手をねじりあわせた。

「この世の変転とはなんとかぎりのないものなのでしょうか！　わたくしのようなものがこうしてながらえ、ナリスさまもアムネリスさまももうこの世においでにならないなんて……あの婚礼のとき……一瞬後には悪夢にかわってしまったあの恐しい婚礼のとき、あんなにもおふたりとも……目もくらむばかりお美しく、お若くて……あのとき、アムネリスさまの婚礼衣装の胸の花は、フロリーがとめてさしあげたものでしたのに……ヴェールのひだもととのえてさしあげて……」

「いや、それで、何の話だったかというと、リギアっていうひとは、口は悪いが、けっこういいひとなんだよ、ってことだった。だけど、ぼくは、ナリスと――それにリギアと三人で育っていたころにはけっこう苛められて大変だったんだよ、っていうことを云いたかったんだ」

マリウスはいまの話にひきもどした。

「だからきみにだって想像がつくだろう。ナリスみたいなひとを兄にもつってことがどういうことか。――きみたちだって、逃亡した第三王子の話は知っていたにちがいない。というか、女官たちにとってはそういうゴシップこそ、いつだって一番の御馳走なんだからな。そうとも、ぼくは逃亡したよ……まあ、最初は、ナリスの命をうけて……いや、最初はこっそり家出したんだけれど、パロがあやうくなったとき、というか黒竜戦役でパロが占領されたときに、さすがに戻ってきて……パロの自由を取り戻すために尽力しようと思ったんだけど、まあ、そのあといろいろ……トーラスでいろいろあって、最終的にもうパロ王家とはたもとをわかってしまおう、二度とパロへなんか戻らない、って思ったんだけれどね。——もう一生一介の、無名の吟遊詩人として生きてゆこうと。だけど、なかなか、運命はそれを許してくれなくて、実にその後もさまざまな変転のなかにぼくをまきこんだし——そのなかで、何回か、結局パロへも——マルガへも戻ったり……ナリスの死にも結局……まあ、いろいろと……でも、きみがもし本当にクリスタル・パレスで落ち着くんだったら、もうちょっと……クリスタル・パレスでぼくもしばらく、パロの情勢が落ち着くくらいまで、リンダに協力していてもいいかなあ。その、ぼくみたいなやつがいても何の役にもたたないかもしれないけど……」

「そんな……とんでもない」

「きみは、リンダには、会ったことはあるの？」

「ございません」

フロリーは首をふった。

「アムネリスさまがパロのおふたりを追跡されたノスフェラス遠征には、わたくしはお供しておりませんし……ナリスさまがお亡くなりになったと信じたアムネリスさまは失意のうちに帰国され、わたくしもそれにお供いたしました。ですから、パロが独立を取り戻し……かわって連合軍がモンゴールを占領したときには、わたくしはアムネリスさまともどもモンゴールにおりましたのです。そして、そのままアムネリスさまづきとして、クムの……タリオ大公の虜囚としてルーアンの近くのアムネリア宮に幽閉されておりましたから……」

「きみも、いろいろと苦労してるんだ」

しんみりとマリウスはつぶやいた。やはり、どうあっても、マリウスにとっては、乳きょうだいだ、というだけではなく、リギアのようにたけだけしく気性の強い、それこそ妻のタヴィアを思い起こさせる女騎士よりも、フロリーのようなかよわくなよやかな女人のほうが好みのタイプのようであった。

「可哀想だねえ、こんなにかよわくてはかなげなのに。——そう、ぼくがパロに……もう二度と戻ることはないだろう、こんどこそ戻らないだろう、と何回となく思ったパロにまた戻ってもいいなと思うのだって、結局はそのきみがあまりに薄倖ではかなげで——ぼくが守っていてあげないと、どうなってしまうかわからないような感じだからだよ！　ねえ、フロリー、なんだか思いがけない展開になったけれど、ぼくは、きみとこうして一緒にいられる時間が長くなったことを、とても喜んでいるんだよ——あいた」

いきなり、うしろから頭を叩かれて、マリウスは悲鳴をあげた。うしろに立っていたのは、怖い顔をしたスーティであった。

「にいたんあっちいけ」

スーティは宣言した。

「にいたんわるもん。おばたんもわるもん。グインだけいいもん。あっちいけ、ぶー!」

「こら」

マリウスは一瞬本気で二歳半の子どもに腹をたてた。

「調子にのるんじゃないぞ、ちび。いくらお兄たんが弱いといったって、なんぼなんでもお前になんか負けないぞ」

「にいたんやっつけるか?」

スーティは恐しく負けん気な顔で、目をかっと怒らせてマリウスをにらみつけた。その顔が、あまりにもイシュトヴァーンそっくりだったために、マリウスは、ついつい吹き出してしまった。スーティはいっそう怒った。

「なにおかしい、にいたんだめ、ぶー、ぶー、ぶー!」

「ごめん、ごめん。あんまり、きみが……きみのお父さんに似てるもんだから……」

「父さま?」

スーティは一瞬きょとんとしたが、それはまだかれの理解をこえていたらしかった。

「すーたんわらう、め！　やっつける、やっつける！　ぐいんがおにいたんやっつけるよ、ぶー！」

「降参、降参」

　往生して、マリウスは手をあげた。

「お前さんはきっともう十年もたたないうちに、すごく頼もしい母様の騎士になるんだろうな。いまからほんとに、お父さんそっくりだよ。……というか、ねえ、グイン」

「ああ」

「イシュトヴァーンのやつも、ぼくはあんなに憎たらしいと思ったけどさ……子供のころは、このスーティみたいにやんちゃで可愛くはあったんだろうねえ。なんか、こいつを見ていると、どうにもこうにも、イシュトヴァーンが子どもになって出てきたみたいで、おかしくってしょうがないよ」

「まったくだな」

　グインはかるく立ち上がってからだをのばしてみながら吠えるように笑った。

「それはスーティの相手をしながら俺もずっと思っていたことだ。まさに、スーティをみていると、イシュトヴァーンのこのくらいだったころがそのまま出てきたような感じをうける。――だが、その後のさまざまなことがあって、おそらくはイシュトヴァーンはいまのような暗い雰囲気と殺気や、あのような殺伐たる人格を身につけてゆくにいたったのだろう、フロリーの前ですまないがな。この子が、すこやかに育ち、正しい人間になることは、俺には、なんとなく、イシュトヴァーンのおかしたさまざまな殺戮や虐殺の罪のちいさなあがないのように思われる。それもまた感傷かもしれぬが、少しだけ、ものごとが正しく戻されるように思われてならん。大切に育ててやるがいい、フロリー」

「あ——ありがとうございます、グインさま！」

フロリーは胸に迫るように思わず両手で顔をおさえた。

「嬉しいおことばを有難うございます！——わたくし、いのちにかえても、この子だけは……守ります。なんとしても……飢えさせず、病気させず、怪我させずに育ててやるのは親の当然の義務でございますけれど、そのほかにも……心をためず、すこやかに……曲がらず、まっすぐな正しい強い、優しい人間に育ってくれて……ミロクさまのお目にかなう人間になるように、いつも祈っております。……わたくしの人生はもう終ったのですから、あとはすべてはスーティのためにあると思っておりますもの。この子になにかありそうになったら、わたくし、いつでもこの子のために死ねますわ。母親ですもの」

「そんなことを、云うんじゃないよ、フロリー」

マリウスは首をふった。そして、本当はフロリーの肩に手をまわして抱き寄せたいところであったが、グインと——何よりもスーティの怖い目が光っていたので、そっとその背中を叩くだけで我慢した。

「それだってもちろんとても崇高で大切な親の思いには違いない。だけど、きみはまだ若いんだ。——むろんスーティを育てあげるのだって大切な義務だけれども、きみ自身の幸せをだって、手にいれることを、ちゃんと考えなくっちゃあだめだよ。そうでないと、ひととして正しいとはいえないと思うよ。ミロクさまだって、ひとが不幸せになったり、いたずらに自己犠牲ばかりすることはお望みにならないんだろう？」

「それは……そうですけれど……でも」

「きみはまだ若くて可愛らしくて綺麗なんだ。自分自身の楽しみだって、幸せだって、忘れたりしてはだめだよ。ちゃんと、きみ自身だって幸せになる資格はあるんだからね？」

「有難う……ございます。マリウスさま、お優しいことを……」

「優しいわけじゃないよ」

マリウスはきっぱりと断言した。

「それが、正しいことだからだよ。ひとはみんな、幸せになるために、愛し合うために生まれてくるんだ。——目のまえに愛があったら、それをつかむのに、過去にこだわったり、ためらったりしてはだめだよ。それこそ、ミロクさまの教えにそむくことだと思うよ」

「こやつにかかってはミロクのみ教えもいいように解釈されてしまうな」

グインは笑い出したが、そのとき、ふいに、さっと様子をかえて、地面にふせ、耳を地面におしつけた。

「待て。……マリウス、出ているものを片付けろ。フロリー、スーティを連れて、いつでもとりあえず街道ぞいのそのへんのやぶのなかに飛び込んで身を隠せるようにしておけ」

「はい！」

「どうしたの、グイン……」

「ひづめの音だ。――リギアが戻ってきたのだとは思うが、ひどく荒々しい。ということは、何か……急がなくてはならぬ理由があるのだと思うぞ」

グインはただちにマリウスとフロリーに、スーティを守らせ、とりあえず街道をはずれた木々のあいだに、いつでも身を沈められるようにさせた。そして、自分はどのみちいつなりと戦いに突入できるように準備は出来ていたので、そのままいま腰を下ろしていた平たい石の上にどかりと腰をおろして待った。

だが、待つほどもなく、荒々しいひづめの音をたてて、マリンカが駆け戻ってきた。覆面をしたままのリギアが、グインたちをみつけると、マリンカをなだめながら、いったん走りすぎてしまい、さらに馬をなだめながら戻ってきた。

「追手です」

リギアのひとことは短かった。

「どのあたりだ」

「山道ののぼり口あたりまで迫ってきています。さっき、あたしたちが、一ザン前くらいにこえたところです」

「全員のようか」

「先頭に《風の騎士》がいます。そのあとかなり長い列になっているので、本当に全員かどうかはわかりませんが、たぶん二百騎、いや三百近くにはなっていると思います」

「しつこいな。それに、すぐにこの旧街道をとると見分けられてしまったのは、偶然か、それとも何かわけでもあるか」

「かれらはガウシュの村人たちを人質にとり、使役していました。村人にフロリーの家のありかを口を割らせ、そこでもぬけのからになったのをみつけ……このへんの村人なら、どこにゆくにせよまずはこの旧街道を出るはずとわかるのではないでしょうか。どこか、横道にそれたほうがいいと思います……どうしましょう、グイン陛下」

「横道にそれるのはいいがこちらはこの足弱連れの子ども連れだ。道なき道に入ってしまっては、むしろ非常に危険だ。まず、ちょっとこのままゆこう。リギア、その馬は、フロリーと子どもと、もうひとり乗るのは無理か」

「本当は乗せたくありませんが……出来なくはありません。ことに、フロリーさんはいかにも痩せて小さいですからね。スーティはなんともありません」

「では、そのまま、リギアがフロリーとスーティをのせて先にいってくれ。マリウスと落ち合う場所を決めよう……マリウスは徒歩だから当然遅れるだろうが、リギアたちのあとを追っていってくれ。俺も徒歩であとを追いつつ、もしも追撃がかかるようなら食い止める。——このあたりには、どこかに身を潜められるような洞窟、人家、それとも池だの、何かないかな。出来ればそのまま今夜ひと夜身をひそめていられるところがいいのだが」

「わかりました」

　リギアは即答した。

「このまま私が二人を連れてゆきます。陛下とマリウスさまはこのまま出来れば旧街道を来てください。私が、どこかそれらしいところをみつけて二人を無事に隠したら、すぐにとってかえしてマリウスさまを見つけ、マリウスさまにフロリーさんとスーティを守ってもらえるようにします——ま、気休めですけれどね。剣はいらないでしょうね」

　マリウスは肩をすくめただけだった。

「それで、マリウスさまに行き先を教えたら、私はそのまま戻って陛下と合流し、追撃を食い止めるほうにまわります。それでいかがでしょう」

「よかろう。ただ、その人数だと俺とお前の二人で全員をやってしまうというのも相当に無謀だ。俺もちょっといろいろと追撃をはばむ作戦を考えてみる。とにかく旧街道にそってくるかぎりということで考えるから、俺は旧街道をはなれぬように気を付ける。お前は旧街道を目当てに戻ってきてくれればよい」

「かしこまりました。それでは、ご武運を」

リギアは手をのばした。

「さあ、スーティ、ここに乗りなさい。フロリー、鞍のうしろによじのぼって。あたしにしっかり、胴に腕をまわしてしがみつくのよ。スーティはあたしがしっかりかかえていてあげるから。大丈夫よ、あんたたちには世界一の戦士、ケイロニア王グインがついているのよ——こういっては何だけれども、あたしだって口やかましいいやな意地悪女だと思うかもしれないけれど、剣をとればだいぶあんたたちを助けてあげることが出来るのよ。さあ、行きましょう。ちょっと飛ばすけれど怖がらないで。しっかりつかまっているのよ……揺れるからね。マリンカだってこれほど頑張るんだから、あんた達も頑張って頂戴。マリンカはもう決して若い娘じゃあないのよ」

「は……はい……」

マリウスが手助けをして、フロリーをリギアの鞍のうしろに這い上がらせた。フロリーは怯えていたが、なんとか必死でリギアに抱きついた。リギアはスーティを、馬の頭と逆向きに、自分にむかって抱きつくように鞍の前にのせた。

「さあ、スーティ、暴れてはだめよ。馬から落ちたら首の骨を折って死ぬからね。あたしもしっかりかかえていてあげるから、とにかくいい子にしているのよ。ハイ、ヨウ！」

リギアはかるくマリンカの馬腹を蹴った。

「では、のちほど！　ルアーの栄光を！」

たちまち、三人をのせたマリンカが赤い街道を走り去ってゆく。それを見送って、グインは荒々しくマリウスをうながした。

「お前もゆけ。お前は出来るかぎり走るんだ。このさいだ、荷物はおいてゆけ――キタラと水だけもって、走れ。なるべく、馬を見失わぬように走ってゆくといい。いいか、ここでなんとか切り抜けさえすればもう《風の騎士》の妄執に苦しめられずともすむぞ。そのかわり万一お前がきゃつの手に落ちれば、ちょっとお前にとっては大変なことになるかもしれん。やつはお前を恨んで、憎んでいる。やつの心は黒い復讐心でいっぱいだ。俺のことなど考えずに、決してうしろをふりむかずに、マリンカについてゆけ。さあ、行け！」

「わ、わかった」

こころもとなげにマリウスはいった。そして、いっさん走りに走り出した。

グインは、それを見送ると、どうしたものか——と思案するように、たくましい腕を分厚い胸に組んだ。そのおもてには、とりたてた動揺も困惑もなく、まったくいつもの日常的な作業をしているようにしか見えなかった。

第二話　追跡者

1

「さて、と……」

リギアがフロリーとスーティを乗せて愛馬マリンカで走り去り、そしてそのあとを追ってマリウスがぐるぐると山はだをまわっている山道の曲がり角をまわって姿を消してしまうと、グインは一人になった。

だが、グインは、いっこうに、ただちに動きだそうとする気配も見せなかった。

むしろ、誰かが見守っていたらじれったさに身悶えしたのではないかと思うほど、じっと胸に太い腕を組んだまま、思案に沈んでいる。そのようすは、まるで、ふしぎな豹頭の彫像のようにさえ見えた。

「どうしたものか……このあたりの地形で、最前まで、ずっと通ってきたあたりの記憶でいうとだな……」

グインはひとりごちた。

(わりあいなだらかな峠道がずっと続いているばかりで……あまり、こちらのおもわくに都合のよいような場所がなかったのが残念だが……とりあえずは、もうちょっと下ったあたりに、細くなっていたところがあったな)

グインはかるくうなづいた。思案がついたのだ。そのまま、立ち上がり、身軽に、ずっとここまできたほうへと戻りはじめる。そのあいだも、頭のなかは、あれやこれやのたくらみで一杯とみえた。

そのまま、しばらく、のどかに一行で——決してのんびりとではなかったがいまにして思えば充分にゆったりとした速度でのぼってきた道をこんどはかなりのスピードで降りてゆき、あっという間に目的の場所に到達した。この、幼児とスカートをはいた足弱のフロリーを連れた移動など、グインにとっては、本来の足の速さを十分の一くらいにもゆっくりさせてしまわなくてはとうていほかのものにあわせることもできない、ひどく我慢を強いられるものだったのだ。おそらくグインひとりであったなら、せめてマリウスとリギアだけが連れであったなら、《風の騎士》たちの一隊が追ってきていても、戻って反撃したり、そのゆくてをさえぎるよりは、さらに歩く速度をあげ、かれらのもてる最高の速度で一気に距離をあけてしまうほうがはるかに有効に追手をふりきる方法であったに違いない。

しかし、そのことに不満をもつようすもなく、グインはむしろ愉しげでさえあるようすで、目指した場所にたどりついた。そこは、同じようになだらかなのぼり坂であったが、ちょっとそのあたりだけ坂の角度が急になっていて、そして、以前に少しがけくずれしたせいなのだろう、少し道が細くなっている場所だった。

（もっと、よさそうな場所もあるはずだが、当面これでも充分だろう）

ひとりつぶやくと、グインは、すばやくこんどは作業を開始した。グインの作業のやりかたというのは、かなり徹底していた。まず剣をぬくと、片側の、下をみおろすゆるやかな崖になっているほうの森のへりから、めぼしをつけた木の根かたにえいとばかり斬りつけた。何回か切り込むと木が半分くらいむざんに切り口が入ってくる。それ以上大切な剣をつかうと刃こぼれしてしまいそうだった。そうと見て取るとグインは剣をおさめ、こんどは反対側からぐいとかなり太いその立木を折り曲げて、金剛力にものをいわせて木を折りとろうとしはじめた。いくばくもなく、たまらず木がべりべりと音をたてて折れる。それを、すばやく飛び退いて、折れて倒れてくる梢をひっつかみ、道に飛び戻りながら、木の倒れる方向を誘導して、道をちょうどふさぐかたちで倒れるようにさせた。

それでまず、とりあえず道をふさいでから、さらにあたりを見回し、ちょっと上のあたりに巨大な、せりだしている岩を見つけると、こんどは急いでその崖をよじのぼりはじめた。このあたりは崖といってもたくさん草や木の根が生えているので、それをつかんでよじのぼってゆくのはそれほど困難な作業ではなかった。上にのぼると、グインは崖から頭をだしている岩のまわりを、剣のさやを使って土をこじり起こし、土台をぐらつかせる作業にとりかかった。

ゆるい坂であるとはいえ、この山地のかなり高いところまでのぼってきていたので、下を見晴らすともうずいぶんと、このあたりの森林と山地のひろがりが眼下にみえた。その彼方にはかなり遠い、都市らしいものの蜃気楼のような屋根屋根のすがたも見える。もっともそれはかなり遠く、そこまでゆくには、けっこう一日二日の旅では間に合わないだろう。

(あれは、どこの都市なのかな。まだたぶん方角からいってモンゴールの田舎の都市なのだろうが、決して小さくない。――マリウスのいっていたオーダインとか、そのへんの町か。――いずれにせよ、もう戻ることはない方角だ)

グインはすぐにたくましいからだにびっしょりと汗をかき、マントをはねあげて、さやだけでなく折りとった木の太い枝にもちかえて岩のまわりを掘った。

ようやくだが、岩のまわりの固くかたまった土が掘り取られてきて、巨大な、グインでも持ち上げることはかなわぬほど大きな岩があらわになってくる。それを、さいごに、グインはものすごく注意をはらいながら掘り起こし、そのまま上から下のさきほどの道にむかっていわば人工の崖崩れをおこさせた。グインが案じていたのは、岩が思っていたよりずっと固くて、土から掘り起こされたはよいもののそのまま、崖をこえてどんどん下へ転がって落ちていってしまうことだったが、さいわいそれほど岩は硬くはなく、下に落ちるとそのままぱっといくつかの小さなかたまりに砕け散ったので、さきほどグインが木を折りとってとりあえずの関所を作ったあたりの上に、ばらばらとかなりたくさんの小さな岩や砕けた砂、土などがおりかさなって積もった。

それを見ると、グインはさらにもうちょっと、近くにある別の岩の掘り起こしにかかり、また同じことを何回かくりかえしたので、やがて、その細くなっている道は完全に、グインが上から掘り落とした岩の残骸や、さいごに崩れおちていった崖土で埋められてしまった。

それを確かめると、グインは気を付けて道に戻り、また急いでマリウスたちのあとを追って早足に歩きはじめた。

（どこかに、吊り橋や細い崖と崖のあいだをわたる道などあると……それを切り落としてしまうだけで、かなり追手の足をとめる効果があるのだが。なんといってもあちらは数が多い……ああしてゆくてをふさぐくらいだと、結局のところ、少しのあいだ追ってくるのを遅らせるていどのききめしかないのだが）

とりあえず、マリウスたちとあまりにはなれてしまうのが心配だったので、グインは、ふたたび非常な急ぎ足になって細く山あいを続く旧街道を歩いていった。アストリアスの一団は何をいうにもモンゴール生まれで、なかにはこのあたりの山地の生まれのものもいないとも限らぬ。その場合には、かなりこのへんの地理にも詳しいものもいるかもしれぬし、そうしたものは、グインが一本道だと考えてふさいだこの旧街道以外の道をちゃんと知っているかもしれないのだ。めったにひとの通らぬこんな場所であるから、そんなに何本も道が通じているとは考えにくかったが、それでも、グインは、気になる可能性は考えておかなくてはならぬと考えていた。

そのまままた、あたりのようすにゆだんなく目を走らせながらしばらく旧街道をゆく。グインは非常な速さで降りていったし、ことに下り坂でもあったので、かなり遠くまですごい勢いで下っていったのだ。リギアたちのほうは思ったよりも早く移動できているのか、グインがすぐ追いつくだろうと思ったほどにはすぐ、かれらのすがたが見えてくるようすはなかった。

途中に、ちょっと見晴台のように、小さなひらたい草地が崖の上に張り出している個所があった。グインは、そこでいったん足をとめ、自分のすがたが立木のかげになるように注意しながら、立木につかまり、身をのりだすようにして、下のほうを眺めた。

広葉樹の林がずっとひろがり、ゆたかな緑に覆い尽くされている山はだに、赤い街道のふるぼけた赤い筋がリボンのようにぐるぐるとまきながらあがっている。それが、ずっとグインたち一行があがってきた道だ。

グインはトパーズ色の目をこらした。そのするどい視力で見晴らす視野の片隅に、何かちらりと動くものがある。さらに目をこらすと、グインは、それがどうやらまぎれもない、山ひだをのぼってくる光の騎士団の長い隊列の先頭であるらしいことを見分けた。

(来たな)

しぶといことだ——と、グインはさらに目を細めて、その隊列をなるべく詳しく見てとろうとする。だが、さすがにここからは木の間隠れでもあり、ちらちらと見え隠れるよろいかぶとの色あいや、ひるがえるマント、そしてあの光団の共通のしるしであるらしい赤い布がまるで森のなかの花のように見てとられるばかりだった。

(二百か三百——とリギアはいったが——いや、俺の目には……もう少しいるように見える。四百……いや五百……本隊にどこかに伏せてあった別の部隊がもう少し合流したのか、それともこうして長い隊列をずっと上から見ているゆえの錯覚か。まあいい。もうこうなれば三百も四百も同じことだ)

最終的にはなんとかして、かれらをしりぞけ、フロリーたちの身の安全をはからねばならぬ。

だが、グインはできることなら、それほどグインからみれば深いゆかりのあるでもないその軍勢を、一人残らず殲滅してしまう、などという荒々しいやりかたは避けたかった。

（できれば、あきらめてひきさがってくれるのが一番いいのだが……なかなか、あの分では、そうもゆかぬのだろうな）

《風の騎士》アストリアスの妄執は、むしろグインにいったんそのゆくてをはばまれて、いっそう狂おしく燃えさかっているのかもしれぬ。長く細い隊列となって山はだをのぼってくる騎士たちの群れは、小さな虫どもの列のようにもみえ、またもやもやと動くえたいの知れぬ長虫のようにもみえて、それがいっそう、その、妄執の印象を誘った。

（ことに……おそらく……）

アストリアスには、ああして同志たちを集めて旗挙げはしてみたものの、まだ、反ゴーラ、反イシュトヴァーン勢力として堂々の名乗りをあげるところまでは、力がついていないのだろう、とグインは察していた。諸国の情勢だの、もろもろのこまかな情報に通じているというわけではないが、マリウスの与えてくれた情報や、また、それ以前に、グインの頭が考えるごくあたりまえの常識などを照らし合わせただけで、なんとなく、そのくらいのことは見当がつく。

（名家の子弟であるらしいし、もともと職業軍人としてはかなり評判だった人物らしい。——それを慕ってモンゴールの残党も集まってはきたが……あのハラスという若いのは、たしか、いまアルセイスでだかどこかで獄中にあるおのれのいとこを、救出してモンゴールの支配者に擁立しようというもくろみをもっているようだった。——つまるところ、旧モンゴールというのは、イシュトヴァーンがほろぼしてしまってから、残党たち、旧モンゴールの国民たちこそいまだに忘れかねているが、それを——つまりは旗じるしとしてかつぎ出す象徴を欠いているようだ。……マリウスの話では、イシュトヴァーンの妻であるアムネリス王妃——にしてモンゴールの大公であったその女性が自害し、その以前にモンゴール大公家の親族たちはうら若い女性にいたるまですべて処刑されてしまった——それゆえ、モンゴール大公家の直系はアムネリスの死によってたえてしまい……しいていえばそれはイシュトヴァーンとアムネリスとのあいだの子供ドリアンによって一応維持はされているものの、この子にはモンゴールをたやしたイシュトヴァーンの血が入っているだけに、モンゴール国民の感情はかなり複雑なものがあるだろうと。……しかし、それ以外では、新興でいたって歴史のあさかったモンゴール大公家はもうほとんど残された、擁立可能な、新大公として支配権を主張できるものはなく——それだからこそ、ハラスも王族ではないが旧モンゴールの大貴族だったおのれのいとこのマルス伯爵というのを、擁立して新しいモンゴールを作ろうとしているのだ、という……話だった……)

（あの《風の騎士》アストリアスという男は、おのれ自身がモンゴールの新大公を名乗るには、おそらくそれほどの家柄というわけではないのだ。だが、とりあえず当面あれだけの人数を集める程度の人望は充分にある血筋の御曹司ではあった。しかし、たぶん……あの男は、《決め手》を欠いている、ということだ……)

(そう、この人間を擁立して、このものの旗のもとに集まれ、というような決め手でなくてもいい——たとえば、おのれにはこういうとっておきの切り札があるのだから、イシュトヴァーン打倒の尖兵としておのれがたつ——そのおのれに、ついてこい、という決め手でもいい……わけだ)

(そしてスーティは……その、アストリアスがのどから手が出るほど欲しがっていたその《決め手》になってしまったに違いない。——イシュトヴァーンのおとしだねを自分の手中にしている、おそらくイシュトヴァーンはその子を人質として交渉すれば、なんらかの反応を見せるに違いない、という——もし万一、何もその子にそういう価値をイシュトヴァーンが見出さなかったとしても、それはそれで——わが子を見捨てた極悪非道の父親イシュトヴァーン、として、逆の意味での宣伝に使うこともできる……)

(その場合には、フロリーとスーティも……そのいのちをおびやかされるような展開になることも、ないとはいえぬ——いずれにせよ、アストリアスの手に、フロリーをも、スーティをも——マリウスをも、どうやら、何があろうと渡してはならぬようだ)

(本当にいざとなれば——心はすすまぬが、アストリアスをたおしてでも、アストリアスのせっかくの団を全滅させてでも——だがそれは出来ることならしたくないな。俺に

はそこまでの……アストリアスに対するうらみもつらみもひっかかりもありはせぬ)

(あちらからは何かどうやら怨讐があるようだが、それは俺にはわからぬ。それは、俺にはどうするすべもない——だが、俺にとっては、ほかの何はどうあれ、フロリーのような無力な無害な存在と、マリウスのように……まああまり無害とは云えぬかも知れぬが無力な……それに何を云うのにも、あれは俺にとっては義兄なのだそうだからな。兄を守らなくてはならぬ、というのはこれは骨肉としてやむを得ぬところだろう)

(そして何よりも俺は——いたいけなスーティをそのような、大人たちの怨念と妄執にまきこみたくない。——いずれ当人が、育っていって、その運命的な生まれについて、あれこれ考えたり、あるいはそれをどのように使ったり、あるいはそれから逃れようともがくことになるのかは知らぬ。だが、いまのスーティにはまだ、そんなものは何ひとつ関係がない。スーティはただ、優しく慎ましい《母様》と、幸せにひっそりと暮らしてすくすくと育つ、そのことをしか必要としてはおらぬ)

(それを……守ってやりたい。ほかのことはどうでもいい——フロリーにせよマリウスにせよ、むろん守ってやるにはやっても、最終的にはおのれの運命をかれらがおのれで選ぶといえばそれは俺とはかかわりがない。だがスーティは……その大人たちのおもわくや恩讐にまきこまれるにはあまりにいたいけで、幼い……)

(それに、あの子は……俺になつき、俺につかのまのあれほど心なごむやすらぎをくれた……）

ハラスの連れていた一行が、あのケス河の岸辺で、幼い子供、赤ん坊にいたるまで、頭を割られ、首を切られ、切り下げられて血まみれのむざんなむくろとなってころがっていた、血も凍り、心も砕け散るような虐殺の忘れることのできぬ光景をグインは思い浮かべた。それはあまりにもむごく、できることならもう心のなかからしめだしてしまいたかったが、一生、もう忘れることはかなわぬであろう、ということもよくわかっていた。

（あのような光景を目の裏に焼き付けて生きるのは……あまりにもむごたらしい。――しかも、それが、おのれがほんの数日でも、なんといとおしい、すこやかで愛らしい子だろうとこの腕に抱いた子であってみれば――）

（スーティがあのような……あのハラスの仲間たちのようなむざんな虐殺されたむくろになって……フロリーやマリウスともどもに山間の草地に投げ捨てられていたとしたら、俺は――どれだけ慚愧してもいたたまらぬ苦しみに、狂ってしまうだろう……そのようなことにはさせぬ。たとえ、アストリアスには俺からは何のうらみもゆかりもなかったとしても――いたいけなスーティをそのような、スーティにしてみれば何のゆかりもない、顔も知らぬ父親のために道具にさせたり――非業の運命をたどらせるような真似は……このグインがここにいるかぎり、させぬ……）

グインは、またかなり上にのぼってきていたので、またころあいの見晴台を見つけ、そっと身をのりだしてまた偵察してみた。こんどは、木の生え方などがちょうどよかったためだろう。それとも、グインが、その上に張り出していた岩々をだいぶ下にころがし落としてしまって、見晴らしをよくしたためか。

こんどは、かなりくっきりと下のようすが見てとれた。あの、グインが作ったにわかごしらえの関所——足どめのワナの前に、すでに追跡者アストリアスたちの先頭部隊がさしかかっていた。

その小高くなった土の山と、そのなかからつきだしている、グインがへし折って倒した立木の前で、アリのように小さな騎馬のものたちの群れが、わいわいと右往左往しているのが、小さく見てとれた。誰も、目の前のこの難儀に目を奪われて、頭上から、それをやった張本人が見下ろしていることは気付かないらしい。

先頭にきらりとそろそろ暮れかかる遅い午後の日をうけて光ったのは、確かにそれはアストリアスの銀の仮面とおぼしかった。その周囲に、なんだかんだと取沙汰にあつまっているらしい騎士たちのようすが見える。

グインは気付かれぬよう気を付けながら、なるべく立木につかまって身をのりだし、ようすをうかがった。騎士たちは旧街道をふさいでしまったこの人工の崖崩れの前で相当に途方にくれているようであったが、それから、アストリアスが決断を下したらしく何か命令をやつぎばやに下し、すると何人かの騎士たちが馬からおりて、その土の山にとりつくようにしてはたらきだした。おそらくは、馴れぬ土木作業でともかくその土をどけてしまおうということだろう。

なんといっても、かれらは人数が多い。そうしているあいだにもあとからあとから騎馬たちが詰めかけてきていて、そのゆきどまりのうしろだけに、黒い虫のような人だかりが出来上がっていた。人海戦術でやれば、あっという間にあのていどの障害物は取り除かれてしまう。

(やはり、あれでは……あれだけのことだな。といって……戦端を開いてしまえば、もうそのあとはずっと戦いっぱなしだ。……ふむ、もうちょっと……考えながら距離をあけてみるか)

グインは今度は俊足をとばして坂をかけあがりながら、あれやこれやと考えはじめた。だが、いずれも、あまり物騒でないとはいえぬ思いつきばかりだった。

(上から……火をかけてやるのは、先日の山火事のようなはめに我々をもまきこんでしまいかねぬ……このあたりは、けっこう立木が多いし、その下生えはかわいて燃えやすいものも多いからな。それに……先日来どうも俺としては、炎熱の神をからかってみる気にはなれぬ。——せっかく命冥加に救われたこの身を、またしても炎の脅威にさらすというのもばちあたりな話だ。——といって、あまり手のこんだワナをしかけている時間はないし、手持ちの道具などもない。……それに、人数がちょうど半端だ。百人までゆかぬなら、こんな細い道だ、どうせ一気にはかかってこられぬのだから、俺が待ち受けて切り結び……適当に息を抜きながら時間をかければ、そのくらいの人数は切り伏せてしまえようが……また五百人をこえてしまったらそれはそれで方法もないではないだろうが……二、三百人というのは厄介だな……まあだが、それでもこの細い山道の旧街道をはなれられぬからには、それなりの方法もないではないだろう。だが、さて……)

(問題はその方法を、どうするかだ……ふむ……)

ふいに、グインはうなづいた。

何か、ひらめくものがあったとみえる。そのトパーズ色の目が面白そうに躍った。

(よし。ちょっとまだ……ひらめいたばかりで、うまくゆくかどうかわからぬが――そうしてみるか)

(もっともこれは……アストリアスの人望しだいだな。……でなければ、まるで無駄なことをしたことになるが、そのさいにはまあ仕方がない。それほど、多勢に無勢で戦うのに適していない足場ではないのだから、まあそうなったらそうなったときのこと、出たとこ勝負ということだ。よし、そうするかな)

心が決まった。

だがどう決まったものか、グインはいきなり、足をとめ、せっかく俊足をとばしてかけのぼってきた旧街道をまたしても、こんどは敵たちのやってくるほうに向かって降りてゆきはじめた。

みるみる、またしても追跡者との距離をつめてゆく。また、最前の見晴台まで戻ってのぞきこむと、もうほとんどあの障害物は撤去されおわり、またふたたび、長い色とりどりの長虫の群れのようにもみえる騎馬の群れは、じょじょに進軍の体勢に戻りつつあるところだった。

「——追跡再開！」

上からみて、アストリアスだなとわかる一騎が、手をあげた。銀色の仮面は、こんどはまわりに大勢いるのでほかのもののかぶとにまぎれてそれほどはっきりは見えなかったが、肩にまきつけた黒っぽいものがあの自慢の得手物のムチだろう、ということと、それにどことなく目立つその長身から、そうだろうと察せられた。

その手がふりおろされると、ただちにまた、全部は障害物のどけられておらぬそこをまたぎこえるようにして、何人かの騎士たちが馬で先へとすすんだ。グインは目で数えた。数十人が馬をさきにすすめると、アストリアスが合図し、残るものたちがまた、土はおおむね除去したものの、まだ残っていた横倒しになった立木をとりのぞきにかかった。獲物との距離が開くことをおそれ、アストリアスは、それだけの精鋭を先に通して先にゆかせ、そのあとはいくらもかからぬだろうとみて、もう一度撤去工事をほかのものたちにさせてから主力が通るようにと考えたのだろう。

(これは……なかなか、うまいことを考えてくれたぞ……俺がどうしようかと迷っていたところを、まさにきゃつのほうから、埋めてくれたな)

グインは、思わず皮肉にくすりと笑った。

(どうも……あのアストリアスという男とは……俺は相性がなにやらいいらしい。——あの男からみると、相性がごく悪い、ということになるのだろうがな。よし……よかろう)

グインは、走り出した。

足もとから、ぱらぱらと崩れて落ちてゆく砂が、下の森のなかへと落ちていって、かわいた音をたてた。

2

いったん、心を決めると、グインはもう一切迷わない。

もしかして、ほかにもっとすぐれた案があるかもしれぬとか、それが成功するかどうかわからぬとか——何ひとつそのようなことはもう思い迷うこともなく、何も考えることもなくその案の実行にすべての力をそそぐ。それは、グインが、しだいに気付いてきた、おのれの中にひそんでいた根本的な性格のようだった。

（俺はどうやら……相当に果断な気性をもった男であったらしい……）

失われているのは、過去についての記憶だけではない。

ものごとをやるための、おのれ自身の人格や、その信条、判断や、感覚、好悪の感情もまた、すべて失われてしまっている。あるいは多少ももやもやと残っているものもないでもないようだが、それにしても大半は、もうまったく新しく作り直さなくてはならぬような漠然たるものでしかない。

おのれ自身ともまた、あらたに知り合い直しているようだ——グインは、そうずっと思っていた。だが、とりあえず、そうしたさまざまな——ノスフェラスから、ノスフェラスの荒野をあとにし、ケス河をわたり——イシュトヴァーンの手におち、そしてそこから脱出し、スカールと出会い、火の山の冒険を経て、そしてこうしてフロリーやスーティたちと出会うにいたった、その短いあいだだけでも、おのれについて、ずいぶんとあらたに知ったことはある。

(俺は……迷うということをことのほか嫌う人間であったようだ)

(そしてまた……いったん選びとった道をくよくよと悔いる、ということをとてもいやがる——ひとたび選んだからには、たとえのちにそれが間違いだったとわかっても、あくまでもそれを吉にかえるべくありとあらゆる手をつくす、というような……)

(不思議なことだ。——俺はどうやら、ずいぶんと……戦いの経験をつんでいるらしい。また、あれやこれやの——こういうさいの攻め方、守り方、逃げ方、ごまかし方……そういうもののたくわえをずいぶんと持っているらしい。……それは、どうも、きちんと整頓されてこそおらぬが、失われてしまったわけではないようだ。……俺が、何か、よい手はないか——と思案していると、必ず……それがぽっと飛び出してくる……)

(不思議なことだ。……俺は本当にすべての記憶を失ってしまったわけではない。以前に、マリウスであったか、誰やらが云ったとおり、本当は記憶そのものは紙一重下にすべてそのまま無事に温存されており——それはいつでも、おりにふれて勝手に動き出す。

だが、それを――俺の表層の意識のほうが、意識的に使うことができなくて……俺というこの巨大な蔵のなかに、何がどのくらい蓄えてあるのか、必要なものはどこにあるのか、それがまったくわからなくて……だがいざとなれば、必要となるとそのもののほうから勝手に飛び出してきてくれるのだが……）

だが、それが、出てきてくれているうちはよいが、いったんもし、何もそれについての蓄えはない、知識もない、というような状況になったらどうすればいいのだろうか、とグインはひそかに考えていた。

（そのようなことはいまから考えるまでもないか……だが、ひとにとっては最大の安心というのは、結局、『おのれを信じること』が出来る、ということなのだな、ということが――いまの俺ほどよくわかる人間はいないような気がする……）

おのれがなにものであるかを知りたくてまどうのは、結局のところ、おのれが、何を知っているのか、おのれをどこまでどう信じてよいのかわからぬからなのだ――とグインは思った。

（俺は……これからもこうして、まどい、不安におののきつづけるのだろうか。――いやだ、俺のなかにはどうやら、そうしたまどいや不安をとても嫌う気性があり――それが、とても、そのような事情でまどわなくてはならぬということそのものをいやがっている……だが、俺にはどうすることもできぬ）

(普段は、忘れていられるのだが、しかし……)

だが、これまでのところは、本当に危地に臨んだときには、かならずかれ自身のなかから、なんらかの解答がおのずと飛び出してきたのだった。

(それを、これからも……信じているほかはない、が……)

もしも、パロの女王リンダと会えたならば、なんらかの解答が出るのだろうか。

マリウスと会ったときにも、ほかのときにも、何回かグインはそのような、何かの解答を暗示するような、(これは知っている……)とか、(聞き覚えがある……)という異様な感覚を味わったのだった。それは、もうあとうすす皮一枚をはがせば、すぐに手がとどくはずなのに、そのなにかにどうあっても手が届かない、というような、異様にもどかしい、狂いそうにじれったい感覚だった。頭のなかに、もうひとつの脳味噌があって、それが何か紙か頑丈な布にでも包まれてしまっている――そして、その布か紙を取り去りさえすれば、すべてが一気に明るみに出るのに、というような感覚。

(もどかしい……)

何よりも、おのれを苦しめているのは、そのもどかしさなのだ、とグインは思った。

(あのアストリアスも……)

フロリーが名前を知っていたのはともかく――リギアも、そしてアストリアスも、おのれとかつて、かなりはっきりとした面識があり――面識だけではなく、いろいろないきさつやひっかかりがあったようだ、ということが、グインをかなり愕然とさせている。

(俺はこの世界の人間の大半とのあいだに、なんらかのつながりがあったとでもいうのだろうか? それとも、ただ、ヤーンの導きによって、たまたま、俺が——出会うものたちがすべて、俺とかつてなんらかの意味でつながりがあった人間ばかりなのだ、というだけの偶然なのだろうか……)

(よくわからぬ。——だが、いまはそれについて考えているときではないのだが……)

ことに、アストリアスの存在が、グインに、何か微妙に心をかきむしってやまぬようであった。

(俺にはほとんど……見覚えもないし、マリウスのように、確かに知っている、という確実な感覚もなかったのだが——だがアストリアスのことばではおそらく俺は彼と戦い、彼をうち負かしたのだ。……そのことをアストリアスはいまだに深く根にもっている。それがいつのことで、どのような状況でであるのかは、さしもなんでも知っているマリウスもよくわからぬようだった。——とすると、俺の人生にはまだずいぶんといろいろな……俺の知らぬさまざまな事情がある……それがどうにも、不安でならぬ……うかつに踏み出せぬ。踏み出したら、思いもかけぬところから、突然足元が破裂してしまいそうな、そんな感じがして……)

だが、だからこそ、あえて、その火中の栗を拾わなくてはならぬのだとグインは自分に言い聞かせた。

そのようにして、あれやこれやと思いめぐらしているあいだも、グインの足は止まることもなく走るに近い速度で戻り続けている。

山はだをぐるぐるとまわりながらのぼっている坂道を、かなりの勢いでふたまわりくらい下ると、グインはまたそっと崖ふちから下をのぞいてみた。しばらくじっと様子をうかがっていると、やがて一本下の道に騎馬の気配があらわれてきた。

(きたな)

グインはすばやく移動して、なるべく傾斜がゆるやかになっている坂のあたりを選び、その木々のあいだを慎重に木々につかまりながらおりはじめた。足をすべらさぬよう、気をつけながら、じわじわと降りてゆき、そのあいだにも下の気配にありたけの五感をとぎすましてさぐりつづける。《風の騎士》の尖兵たちは残るものたちにグインの作った障害を取り除かせておいて、先に山ぞいの旧街道をひたすらかけのぼってくるようすだ。グインは木立のあいだに身を隠しながら気配を見極め、やがてここのあたりでよしと判断すると身をふせてじっと待った。

ほどもなく、「ハイッ！　ハイッ！」と馬に声をかけて、かなり勾配の急なのぼり道をかけのぼってくる、二、三十騎ほどの騎馬の群れの先頭があらわれてきた。それを見るとグインは身をふせていた木立のあいだから立ち上がった。

（よし）

剣も抜かぬまま、一気に残りの距離をかけおりるなり、グインは、さいごの傾斜はほとんど飛び越えるようにして、やにわにアストリアスたちの一行の前に躍り出た！

「わああッ！」

かれらは完全にふいをつかれた。

とっくにグインたちはひたすら先へ、先へと逃げのびようとしている、としか思ってもいなかったのだろう。突然、木立のなかから躍り出てとびかかってきた、黒いマントをなびかせ、黒い斑点のある黄色い豹頭の戦士のすがたに、光団の騎士たちは想像以上の驚愕と恐怖に飛び上がり、一瞬虚を突かれて硬直する。それへ立ち直るすきは与えなかった。

グインはほかのものへは目もくれず、先頭にいたアストリアスの馬にむかって殺到した。アストリアスも驚愕に馬の背ですくんでいる。おくればせながら、その手が腰の剣にのび、

「出会え！　出会え！　グインだ、グインだぞ！」

とアストリアスが叫ぶひまに、グインはいっきにアストリアスの馬に近づき、アストリアスのマントをつかみ、思い切り腰と足のバネをきかせてアストリアスの馬のうしろに飛び上がった。

グインの重量である。たちまち馬がよろめくところを、アストリアスをうしろからはがいじめにするなり、グインはアストリアスの左手をうしろにひねりあげ、懸命に剣を抜こうともがく右手を制して前から手をまわして、アストリアス自身の剣をすばやく腰の鞘からひきぬいた。そのまま、アストリアスの左手をおのれのからだとアストリアス自身のからだのあいだにはさみこむようにしておさえつけ、右手をわきの下からまわした左手でぐいとおさえつけて、右手につかんだ剣のきっさきをアストリアスののどにつきつけた。

「な——何を——する!」

すべてが一瞬の早業であった。アストリアスのほうは、いったいおのれに何がおこったのかさえ、ちゃんとは理解していなかったに違いない。ただ、気付いたときにはグインの巨体にうしろから馬上でかかえこまれ、喉におのれ自身の剣の刃をつきつけられていたのだ。仮面の下から、驚愕にさらにくぐもった声がもれた。

「何をするか! は、はなせ!」

「隊長の命を救いたくば、そのままこの場から動くな!」

グインはうろたえ騒ぐ光団の騎士たちに大喝した。そのまま、突然倍以上にふくれあがった重荷によろめくアストリアスの馬の腹をけった。アストリアスの馬がよろめきながらも、勢いをおそれるようによろよろと動き出す。

「な、何を、す、す、る……」

アストリアスの声がかすれた。それをそのまま、グインはアストリアスの剣を下の崖下めがけて勢いよく放りすて、アストリアスのからだを馬の首のほうに強引に前倒しにして、アストリアスのからだごしに馬の手綱をつかんだ。そのまま、さらに激しく蹴りをいれる。哀れな馬はよろめきながらもおそれていっさんによろよろと走り出す。

「動くな！　追ってきたら、《風の騎士》のいのちがないぞ！」

さらに大喝されて、光団の騎士たちが思わず足をとめる。グインはおのれもアストリアスの背ごしに鞍の上に身をふせ、激しく重荷によろめく馬をかりたてた。そのまま、坂をよろめき走り上がらせる。うしろで茫然としていた光団の騎士たちが、はじめて呪縛をとかれたように声をあげて騒ぎはじめたが、グインはもう振り向きもしなかった。そのまま、強引に馬をかって、坂をかけのぼり、旧街道を上へむかって走らせた。

「やめろ……き、きさま、何をする——何を考えているのだ……」

アストリアスが、鞍の上になかばねじ伏せられたままくぐもった声をあげた。

「知れたことだ」

グインはアストリアスを後ろから鞍の上におさえつけたまま、うすく笑った。

「お前を人質にとったままでだ。部下どもにこのまま大人しくフロリーとその息子から手をひくように命じるならよし、さもなくば、お前が人質だ。——だがこの馬は長くはも

たんな。俺は重すぎるからな」

「き、き――きさま……どこまで、人をばかに……」

アストリアスがねじ伏せられたまま呻いた。必死にからだを起こそうとしたが、グインの金剛力にうしろから両手をねじあげられて手首をふたつにあわせてつかまれたままでは、鞍から落ちぬように必死に身をふせているくらいしかできなかった。

坂を強引に馬をかりたててのぼらせ、光団の騎士たちが追ってこないのを見定めると、グインはアストリアスが肩にかけているムチをアストリアスの肩から無理やりにひきぬき、そのしなやかな細い先端を使って素早くアストリアスをうしろ手に縛り上げてしまった。そのまま、そのムチの先と手綱を一緒にして持ちながら、馬から飛び降りる。

「このままではすぐこの馬をつぶしてしまいそうだからな」

落ち着き払って地面に飛び降りると、アストリアスの剣帯をひきぬいて、それを使ってさらにアストリアスを手が縛られて使えぬ状態でも転げ落ちぬよう、馬の鞍に縛りつけた。それから馬の手綱をとり、馬のくつわをひいてぐんぐんと坂をのぼりはじめる。馬はグインが降りて重みが減ったのでよほどほっとしたらしく、大人しく歩き出した。

「きさま――このようなことをして……ただで……すむと思うのか！」

「お前が、大人しくフロリーから手をひくなら、許してやる。俺には、お前への特にわだかまりはない。お前に敵対する理由もない。ただ、俺はフロリーとその息子を守っている。お前が、なおかつかれらに手出しする意図であれば許してはおかぬ。だがそうでなくば——お前がイシュトヴァーン相手の反ゴーラ勢力をまとめ、旗挙げしようが、対ゴーラの戦争をおこそうが、それは俺の知ったことではない」

「なん——だと」

鞍の上に縛りつけられ、再度の屈辱に身もだえしながら、アストリアスは首をねじまげてグインをにらみすえた。銀色の仮面のさけめから、赤く燃える目がグインを狂おしくにらんだ。

「何故だ」

激しい——仮面の下でくぐもった声にゆるされるかぎり狂おしい声がもれた。

「なぜ、きさまが、フロリーを——なんでそもそもケイロニア王たるきさまがこのようなところにいる！　きさまが——ノスフェラスの悪魔がケイロニア王に出世し、世界的に有名な英雄となっていて、豹頭の軍神ケイロニア王グインといえば誰一人知らぬものもない、という話をきいて、俺は思わずおのれの耳を疑った。——そのきさまが、なぜ、このようなところに出現して俺の野望をまたしてもくじこうとする。きさまは、俺の行く手をさえぎり、俺の野望をくじくためにヤーンがつかわした俺のための悪魔なのか！」

「そんなものではない。べつだんフロリー母子を守ろうとしているのはケイロニア王としてではない」

グインはぐいぐいと手綱をひいて坂を非常な速度であがりながらも、息もきらさずに答えた。

「俺はただ、フロリーというかよわい無力な、だが健気な女と、その罪もない幼い息子を守ってやりたいと思っただけだ。それに、お前が捕らえようとしている吟遊詩人のマリウスは、義理のとはいえ俺の兄だ。兄の身に危険が及ぶなら、弟としては、それを見過ごしにするわけにはゆくまい」

「あ――兄？」

仰天したように、アストリアスがグインを見た。

「何だと？　あの吟遊詩人が？　何でだ。と、年だってあの若者のほうがお前よりずっと……」

「彼の妻は、俺の妻の姉なのだ」

笑いさえ含んで、グインは説明した。

「確かに、俺とマリウスを見ていて、マリウスが俺の兄だというのはおかしな話だろうがな。だが、妻どうしが姉妹である、という関係で、彼は俺にとっては他人ではなくなった。お前がなおも、あの三人に危害を加えるというのなら、どうあっても、俺はその三人を守るために戦う理由がある。――ケイロニア王グインを敵にまわしても、イシュトヴァーンの落とし子を人質にとること、そして吟遊詩人マリウスへのつもるうらみをはらす私怨にこだわるか？　皆の前では団をひきいる指導者としての手前もあろう。――ここならば誰もきいておらぬ。俺はお前とひとたび、そうして交渉してみようと思ったのだ。俺とても、何も俺個人には特にうらみつらみもない三百騎からの愛国の騎士たちを、いたずらに斬り殺すのも気が進まないのでな」

「なんという――なんという大言壮語だ！」

呆れかえったようにアストリアスは叫んだ。

「だが――おお、だが、きさまなら確かにそのくらいの大言壮語はしてのけるのだろう。俺は見た……きさまが単身、あの死の砂漠ノスフェラスでいったいどれだけの赤騎士団、青騎士団の戦士たちをほふり去ったかを、俺はこの目で見たし、きさまと切り結び――まるで赤児のように……赤児の手をねじるようにあしらわれ、馬鹿にされ、放り出されたのだ。あのときのうらみ――いまだに忘れぬ。だが、くやしいが……俺はきさまにかなわぬ。それも、認めざるを得ぬ――だが、かりそめにも《ゴーラの赤い獅子》と呼ばれたこのアストリアス、きさまにそうして遅れをとることを恥とは思わん。くやしまぎれの負け惜しみといわれてもやむを得ぬが、きさまは確かに世界最強の戦士だ。これほどの奴がいるとは思ってもいなかった――この世界広しといえども、きさまにそうそう、単身太刀打ちできる戦士がいるとは思えぬ。この《ゴーラの赤い獅子》がきさまに敗れ去ったとしても――それは決して不名誉ではない。あの悪魔王イシュトヴァーンですら、パロではきさまとの一騎打ちで敗れ、きさまの軍門に下ったという話もきいている。――畜生、なぜきさまのような奴がこの世にいるのだ。呪われた怪物め――豹頭の化物め！　きさまの兄だと！　あの吟遊詩人も一千回も呪われてしまえ。きさまにまつわるものは眷族も何もかも、すべてごめんだ。この悪魔め」

「フロリー母子については、俺が身柄を預かっていると思ってもらおう。最前いったとおり、俺はケイロニア王としても、個人たる戦士グインとしても、お前がイシュトヴァーンに対して、モンゴール回復の独立運動をおこそうという邪魔をするつもりはない。だが、お前がフロリーや、イシュトヴァーンの血をひくおさな子を、そのお前の戦いの道具として使うというのならば――俺は容赦はせぬ。まずこの場でお前のいのちはもらう――それから、お前のいのちはもらいうけたが、その復讐をするつもりかどうか、お前の団の配下たちにきいてやる。どうあれ復讐をするというのなら、やむを得ぬ。受けてたつまでだ」

「やめろ」

唸るように、アストリアスは叫んだ。

「そのようなことを……口はばったいことをいうようだが、《ゴーラの赤い獅子》たるこの俺、復讐にもえる《風の騎士》たるこの俺でさえ、まったく歯もたたぬきさまだ。

モンゴールの残党のよせあつめにすぎぬ光団のものたちに、どうしてきさまのような悪魔をあいてに戦いようがあると思うのだ。――いや、まず、きさまのその呪われた勇名、武名が、きゃつらの足をすくませ、剣をひかせるだろう。たとえ俺がいても同じことだ――きゃつらは、お前と戦いたいなどと思うものはひとりもおらぬだろう。いや、全世界に、豹頭の狂戦士グインと戦いたい、などと望むたわけ者など、いると思うか。――くそ、この、呪われた悪魔めが」

「ならば、交渉の余地はある――ということだな。だったら、俺も、手荒な真似をせずにすんで、有難い」

グインは低く笑った。そして、馬の手綱をひいて、馬の足をとめさせた。

最初はよろめきながらであったし、その後もさすがに徒歩のグインに手綱をとられてであったので、かなりのぼったつもりでも、まだ山はだをひとまわりまではしていなかった。だが、もういずれにせよ光団の騎士たちのすがたはまったく見えない。首領のいのちが惜しければ追ってくるな、というグインの脅しを、忠実にきいて、あの場に立ち往生しているのだろうか。

「どうあれ殺さねばやまぬというのなら、それはそれでやむを得ぬが――出来ることなら、流す血は必要最小限にとどめたい。それが俺の希望でな。――どうだろう、フロリー母子からも、吟遊詩人のマリウスからも手をひいてはくれぬか。ついでにいうなら、ガウシュの村人たちからもだ。――あの村のものたちには、フロリー母子がひとかたならず世話になったようだ。それにあの者たちは実直なミロク教徒で、何ひとつわるさをするわけでもない。こつこつと田畑をたがやし、ミロクを信じ、祈りをささげながら地道に生きているだけだ。そのものたちをおびやかし、馬も食糧も奪ったのだから、もう充分すぎるほどに、お前たち光の騎士団とやらは、ミロク神の信者たちに対する罪作りをしていることになる。――それについては、それぞれの申し分もあろうから、べつだん俺が正義の神の代役をするつもりはないが、もしも俺のたのみをきいて、ガウシュの村から徴発した男たちと馬たちをかえしてやってくれるなら――どうしても必要があるというなら男たちと馬の半分でもやむをえぬが――俺は……」

グインはちょっと考えた。それから、うすく少し笑った。

「もし、そうしてくれるなら、俺は――お前に敵対するつもりはまるでない。さきほども云ったとおり、お前がイシュトヴァーンあいての戦いをおこそうとするのも、べつだん、それこそイシュトヴァーンに肩入れをする理由もない。先日俺はルードの森で、ハラスと名乗る、モンゴールの反イシュトヴァーン勢力の若い首領を助けた。そのためにかえってハラスには迷惑をかけた部分もあったかもしれぬが、そのためにしばらくイシュトヴァーンには虜囚としてとらわれていたものだ。お前がハラスと手をくんで反イシュトヴァーンのいくさをおこすつもりなら、俺の名をひきあいにだしてくれてもかまわぬし——ただ、それはむろん国家としてのケイロニアがモンゴール独立運動を支持し、うしろだてになる、などという話には出来まいが、少なくとも、ケイロニアはゴーラに肩入れをし、モンゴール独立運動を叩きつぶすために力を貸そうなどとはまったく思っておらぬ、ということだけは、モンゴールのものたちにも、云ってもらってもかまわぬぞ。——まあ、たいした見返りにはならぬだろうがな」

「なんだと」

アストリアスは叫んだ。その目は、こんどはまったく違う意味でらんらんと燃え始めていた。

3

「それは本当か。グイン——いや、ケイロニア王グインどの」

「それは、お前にとってはなんらかの意味があるか？　いや、だからかさねていうとおり、俺はいま、ケイロニア王として動いているわけではない。個人、一介の傭兵グインとしてフロリーを助け、フロリーの子供を守り、おのれの義兄を守りたいと思っているだけだ。それゆえ、ただちにそれをもってケイロニアとのあいだに密約ができた、などと錯覚されては困る。まして俺はいま、ケイロニアをはなれて流浪している、いわば素浪人の身の上だ。——だが、少なくともハラスは俺の名は覚えているし、多少の恩義も感じてくれているだろう。俺のした手助けは、逆にかえってハラスにとっては迷惑になったかもしれぬのだがな。——だが、これは俺などが考える必要もない余計なことかもしれぬが、強力なイシュトヴァーン軍の手から、モンゴールを取り戻すのだったら、同じ志をもつもの同士、ともに手をくんだほうがよいのではないか？　そのほうが、モンゴールの残党たちも集まりやすい。モンゴールの残党がひとつに集結すれば——お前とハラスのもとにどんどん集まってくれば、イシュトヴァーンとしても無視できぬほどの大きな勢力たりうるかもしれぬしな。そのためにも……」

「待て」

アストリアスはひどくあわてたようすで呻いた。

「もうちょっと、その……落ち着いて話をききたい。グイン殿、俺はもう手向かいせぬから、この……この縄をといてもらうわけにはゆかぬか」

「よかろう。俺はともかく、おのれの要望ははっきり云ったし、それが入れられなければどうするかも云ったからな」

グインは手をのばして、アストリアスを鞍にいましめていた帯をほどき、うしろ手に縛りあげていたムチをするりとぬいた。痛そうにうめきながらアストリアスが手をさする。そのまま、馬の背からころがりおちそうになったが、さすがにたくみにからだの均衡を保って、なんとか地面に無事におりた。

「手が痺れてしまって感覚がない」

アストリアスは呻いた。

「くそ、おぬしに会うと俺はいつもこんな目にあう。――おぬしのことは天敵なのだとずっと俺は思っていた。あのはるかなノスフェラスの砂漠で受けた屈辱のことは終生忘れぬ、とな。それはいまだに忘れられようもない。……それは俺が生まれてはじめて知った挫折と敗北だった。だが、それよりも――いまは、おぬしの話に興味がある。……それに、こういっては言い訳がましくきこえるかもしれぬが、俺はおぬしとあのふざけた吟遊詩人のあいだにそのようなつながりがあることも、フロリーとその子に何かケイロニア王とのあいだにかかわりがあるとも知らなかったのだ」

「それは当然だ。知っているわけもないさ。俺とても、フロリーとその息子に出会ったのはほんの数日前、それまでは名前ひとつ知らなかった存在にすぎぬのだからな」

「では――本当の偶然だったのか。そのようなことも、あるものなのか」

「ヤーンの導きだろう」

アストリアスが、痛そうに腕をさすりながらよろめくように道の辺の折れた木の上に腰をおろしたので、グインはその近くの枝に馬の手綱をかけた。慎重に、ムチはとりあげたまま、少しはなれたところに座る。

「それまでどのようないきさつがあったかは詳しく告げたところではじまらぬが、ともあれ少し前に俺はモンゴールの独立のために戦うハラスという青年とこれまた偶然に出くわし、その青年とその連れていた一行とかかわって、まあそれらが切り倒されるのを助けようとして、イシュトヴァーンの手勢と知らずにゴーラ軍と戦うこととなった。――いろいろあった末、俺はしばしのあいだイシュトヴァーンの捕虜としてハラスと同行していた。それから俺はイシュトヴァーンの軍から逃亡し、そのさいにハラスも逃がしてやったのだが、それがかえってあだとなって、ハラスとその仲間たちは再びイシュトヴァーン軍の手にかかって、女子供にいたるまで惨殺され——ハラスは重傷をおってイシュトヴァーン軍に再びとらわれた。たぶんいまでもそのままとらわれているはずだ。その後に何も救出の手がのびていなければな。だがその後俺はなりゆきでイシュトヴァーンに重傷を負わせることとなった」

「何——だって？」

その情報もまた、アストリアスにとっては非常な衝撃であったらしかった。

またむろん、そのような、ゴーラ軍にせよ秘し隠そうとしつづけるであろうような重大な情報が、かなりはなれた場所で潜伏して動いているアストリアスたちの一味にまで届くはずもない。アストリアスの目は仮面の下で、いまや爛々と光り出していた。

「これは……俺の知らぬところで、なんだかおそろしくさまざまな情勢が激変しつつあったようだ。……それは、本当のことなのだろうな」

「イシュトヴァーンが重傷を負ったことか。それはそのとおりだ。そしてイシュトヴァーンはその後、おそらくすでにイシュタールへ引き上げたのではないかと俺は思う。あるいはまだトーラスで静養しているかもしれぬ——そのへんの情報は、おぬしは集めてないのか、アストリアス」

「俺は……」

くやしそうにアストリアスは少し仮面の顔をうなだれた。

「このような山中に潜伏し、ともあれ旗挙げにふさわしい人数を集め、金も――またこれだけの人数を動かしてゆく地力をもなんとかつけねばと……それにかまけなくてはならなかったのだ。――いまとなっては、俺に残されたものはもうこのからだとこのつきることのない怨念だけだ。――いまの俺はもう、名家アストリアス伯爵家のあととりでもない。俺の父もむざんにもモンゴールの侵略の責任をとらされて処刑されたとポラックにきかされた。――俺は、ひたすら、たとえそれが農民どもにとってはむごい仕打ちであろうとも、きゃつらの愛国心を頼りとして、なんとか少しづつ、おのれの団の人数を増やし、そして……」

「ハラスという青年は、まだごく若いが、知っているか？　マルス伯爵のいとこだといっていたが」

「マルス？」

驚いたようにアストリアスはいった。

「老マルスのいとこ？　だとしたらたいそうな年齢だと思うが。それとも――おお、もしかして、そのマルスと名乗っているのは、ノスフェラスで裏切り者の陰謀のためにむざんに焼け死んだ老マルス伯爵の一子マリウスのことか？」

「確かその若者だ。その新しいマルス伯爵は、いま獄中にあり、ドリアン王子以外すべてのモンゴール大公家の血筋がたやされたいまとなっては、それがもっともモンゴールの支配者に近い家柄として、モンゴールの反ゴーラ勢力の希望をあつめており――ハラスはそのマルス伯爵を救出してモンゴール再興の火の手をあげようとこころみているのだと俺はきいたと思う」

「そのようなことが……」

アストリアスはひどくくやしそうに、拳をかため、おのれのかけていた古い倒木の幹をつよく殴りつけた。

「そのようなことがおこっていたのか。――駄目だ。畜生、駄目だ。……こうして、片田舎の山のなかを逃げ回り、懸命に人を集め、少しづつ力をつけ――くそ、俺は口惜しい。俺とても、なんとかしてモンゴールのために――亡くなられたアムネリスさまのみ魂をとむらい、そしてモンゴールという国家の灯をたやさぬようにと必死に動いているつもりだった。だが、このような片田舎の山中にあれば、何の情報も届いてはこぬ。……また、俺が――《ゴーラの赤い獅子》が生きている、ということさえ――知られればおそらくイシュトヴァーン軍に追われ、とらわれる身の上となるだろう。それをおそれ、なかなか公けには出来なかった。このアストリアスが生きていて、そしてモンゴール再興をねらっている、とモンゴールの者たちに伝えることが出来れば、少なくとも俺の武名を慕って集まってくれる残党たちはいまの倍、あるいはうまくすれば四、五倍はいるだろうと俺は期待している。また、俺の父マルクス・アストリアスはモンゴールのために犠牲となって処刑台の露と消えた。その父の名をも出して訴えれば——だが、そうしておのれの存在をおおやけにすればゴーラからの討手がかかる。そうすれば、いまの俺たちでは、逃げ回り、なんとか生き延びようとする以外に方法はなくなってしまうだろう。いつ、どこで、どのようにして旗挙げするか——そのことに、ずっと俺は悩み、苦しんでいたのだ。……だから、その、イシュトヴァーンの隠し子などという切り札さえあればと……」

「だがイシュトヴァーンはフロリーがおのれの子供を産んでいることなど、ましてそれが男の子であることなど知らぬ」

グインはたしなめるようにいった。

「ことに、フロリーは、妊娠していることなど夢にも気付かずに金蠍宮から逃亡した、と俺に話した。イシュトヴァーンは、フロリーを寵姫としていたというわけでもなかったようだ。フロリーの言葉どおりにいえば、ただ、イシュトヴァーンはいっときの気まぐれでフロリーとのあいだにそのような関係をもっただけだ、という。それは本当なのかもしれぬし、イシュトヴァーンのほうは本当にフロリーをいとしく思っていたのかもしれぬ。……そのような機微は当人どうしでなくてはわからぬだろうが、ともあれ、イシュトヴァーンにとっては、アムネリスとのあいだにドリアン王子という世継の子供もいる。そこにあらたな、フロリーの息子、というものが出てきて、イシュトヴァーン自身がどう思うかもわからぬが、同時にイシュトヴァーンが文句なくそれを我が子と受け入れたとしても、ゴーラ宮廷内でどのような動きがあるのか、それとても俺にははかり知れぬ。――いや、そう軽々に、フロリーの息子がイシュトヴァーンに対する切り札になりうる、などと考えぬほうがよいと思うぞ、俺は」

「そ――そうだろうか」

アストリアスは困惑したように首をふった。

「俺はだが……とにかく、こうしてなんとかして、トーラスとは遠いこのような僻地に身をひそめ、ゴーラの手の者に見つからぬうちに多少はゴーラ軍に対抗できるだけの力をたくわえようと必死だった。――だが、つくづくおのれの無力がもどかしい。俺一人で出来ることなどたかが知れている――それに俺は何年ものあいだ地下牢から地下牢へと幽閉され、世の変転についても何も知らされぬままでいた。――辛うじて脱出し、奇跡的に自由の身となり、生き延びたいまとなってもこのようにして仮面でおもてを隠さなくてはならぬ身の上だ。――それに、恥をいうようだが、俺は赤騎士隊長ではあったものの、そしていずれ順調にゆけば赤騎士を率いる将軍には出世は間違いないものと思われていたものの、じっさいにはそこまでゆかぬうちに辺境のノスフェラスに送られ、そこでおぬしに敗北のうきめをみて人生が狂った。――その後、たいした手柄をたてるいとまもなくたてつづけにさまざまな番狂わせが起きて結局運命の渦にのみこまれ、弄ばれてゆく身の上となった。――かつての栄光と未来に輝いていた若き《ゴーラの赤い獅子》のことを、いったいどのくらいの人間が記憶していてくれるかも知れたものではない。――俺は、切り札が欲しいのだ。なんとしてでも、この俺が、アムネリスさまのご無念をはらし、モンゴールを再興し、憎いゴーラをモンゴールの地から追い払い、そしてついには怨敵イシュトヴァーンをうちたおす、その旗がしらとなるための切り札が――モンゴールの残党たちがついてきてくれるためのもうひとつの大きな力が……」

「ハラスを救出し、ハラスと力をあわせて、マルス伯爵を救い出してはどうだ」

グインは云った。

「ハラスはたいへん若いがなかなか出来た若者だった。あれと力をあわせれば、それにおぬしはなんといってもモンゴールの名家の子息なのだろう。ハラスもまたそのようだ。そうしたモンゴールの多くない名家の嫡流たちが力をあわせ、マルス伯爵を救出し、それを旗がしらにおしたてれば、そのもとに集まるモンゴールの残党はぐんと多くなるのではないのか？　ハラスの一味も、数にすればおぬしの光の女神騎士団の半分くらいのものだった。だがハラスの仲間は女子供も多かった。――しかしおそらくモンゴールの残党で、剣をすてて町中や地方に潜伏しているものはじっさいにはもっといるのだろう？」

「それはわからぬ……もう、すでに剣をすてて本当にモンゴール再興の志などすて、そのような無謀なこころみは強大なゴーラの前には無理だと諦めてしまったものも多いだろうし……それに、モンゴールの軍勢というのは、それほど歴史のある国ではないゆえ、勇猛ではあったがもともと寄せ集めなのだ。寄せ集めというより、その底辺は半分以上が、徴兵による一般人の兵役の兵隊たちなのだ。——むろん幹部たちは職業軍人だが、その数のほうがはるかに少ない。歴史ある、その上人口も多くたくさんの職業として鍛えられた兵士たちで出来ているケイロニアの十二神将騎士団などとはわけが違う。——モンゴールは開拓民の国だ。開拓民たちが希望にもえて作り上げた若い国家だ。……兵役でとられていたのは開拓民や町人の子弟たちだ。それらは、家業を手伝うこともできずに兵役で何年かをとられることを辛く思っていた。その上に、あいつぐ戦役で負傷したり、若い男たちが多く戦死をとげたりして——俺がひそかに声をかけてこの光団をつのったときにも、ぜひとも参加したいのだが、すでに戦うことの不可能な戦傷を受けている、といって、せめてもと金だけ寄付してくれたり、おのれの息子が大きくなったら、志をつがせるべく養育しよう、と約束してくれたりするものも多かった。——かれらの心持を考えると、感泣を禁じ得ないが、しかし……」

「しかし、当座の役にはたたぬ、というわけだな」

身もフタもなくグインはいった。

「だがその志は天晴れだ。そのような者たちがいるのなら、モンゴールという国家のかたちはほろびてしまっても、モンゴールのこころは残り、いずれ確実にまた、実を結ぶだろう、ということだな。そのためにも、おぬしはこんなところで俺の手になどかかるわけにはゆかぬのだろう。そうではないのか」

「そ……それは……まさしく……」

「ならば、ここで俺の手にかかってあえないさいごをとげるよりは、フロリーの子という切り札、マリウスへの復讐という私怨をいっそきっぱりと思いきってしまったほうがよくはないか。俺は何も交渉はせぬ――ただ、おぬしがかれらの追及を諦めてくれるのなら、あたらそのような崇高な志を抱いて頑張っている、しかも九死に一生を得た勇者たるおぬしをむざと手にかけずにすんで、とても重畳だ、といいたいのだが」

「……」

それは、充分に脅しではないか、といいたげに、アストリアスは不平そうにグインをみた。

だが、グインのトパーズ色の目を見たとき、思わずしかたなさそうにうなづいた。

「わかった。――もう、それ以上いうな。俺はどうせきさまの前に出たら、赤児同然にあしらわれる程度の力しかない。現にこのような赤恥をかかされて引き据えられている。

――せっかく営々として築いてきた光の女神騎士団の信用や信頼関係も、このへんまとみっともない失策ひとつで崩れ去ってしまうかもしれぬのだぞ――だがまあ、相手が他のものならばともかく、ほかならぬ世界一の戦士グインであるからには、その分は割り引いて同情してもらえようが。――フロリーとその子、そして吟遊詩人のマリウスに手出しをしなければいいのだろう。くそ、わかった。だから、俺のこともうこの上はずかしめないでくれ。これでも、誇りもあれば意地も――ただならぬ怨讐もこの身のうちには燃えさかっているのだ」

「俺のほうは、かれらさえ守れれば何の異存もない」

満足して、グインはうなづいた。

「よし、協定が結ばれたと思って良いな。そのかわりといっては何だが、俺の得たいくつかの情報をもう少し教えてやろう。俺と戦って重傷を負ったイシュトヴァーンは、その後もちまえの強靭な生命力でかろうじて死をまぬかれたようだ。だが、いっときは瀕死の重傷であったのだ。いかにイシュトヴァーンが若く頑健でも、回復にはそれなりの時間がかかるだろう。おぬしもな、アストリアス、このようなところで俺だの、フロリーだのにかまけているいとまに、いまこそがもしかしたら、トーラスに急ぎ戻り、なんとかして反イシュトヴァーンの旗を掲げる最大の好機かもしれんぞ」

「む……」

「おぬしは切り札がない、といった。その切り札とは、案外、イシュトヴァーンの子供などではなく、いまイシュトヴァーンが傷ついて弱っている、ということそのものかもしれぬぞ。——いまならば、さしもの狂王イシュトヴァーンでも、なんとか自分たちの手で倒せる唯一の機会かもしれぬ、とモンゴールの残党たちも考えているかもしれぬかならな」

「………」

アストリアスはにらむようにグインを見つめた。

「それは……」

「いますぐ、トーラスに向かってはどうだ？　ガウシュの村人たちなど、このさい解放してやってだな。そうすればかれらは善良なひとびとだ、おぬしらの武運のために祈ってもくれようし、持っているものはなんでも提供してくれるではないか？　そして、思い切ってトーラスに近づいてそこでひそかに反ゴーラのふれをまわし、旧モンゴールの残党たちを集めて勢力拡大をはかってみることだ。このような僻地に潜伏しているだけでは、どうにもならぬぞ。アストリアス」

「それは……そうだとずっと思っているが……」

「ついでに、もうひとつだけ、よいことを教えてやろう。これはまあ、交渉を穏便に受け入れてくれた礼だと思ってくれてよいが」

「な——何だ」

「先日、お前の団にぜひとも参加したいと加わった、ユエルス、という名の歴戦の勇士らしい隊長と、その部下の数名の騎士たちがいるだろう」

「何だと」

アストリアスは一瞬、ひどく気味悪そうにグインをみた。

「な、なんでそのような内輪のことを知っている。きさま、何者だ。千里眼か」

「そのようなものではない。ただ、ちょっと、漏れ聞いてしまったことどもなどを考えあわせただけだが、俺が思うに——あれらは、おそらく、ゴーラの間者だ」

「なっ……」

アストリアスはぎょっとしたように身をかたくした。

「何だと！」

「べつだん証拠を握っているわけではないから、いますぐそれらを処断すればかえってことが大きくなってしまうかもしれぬし、かれらを切って連絡が途絶えてしまうこと自体が、ゴーラに対しては、ある種の信号を意味するようなふうになっていないとも限らぬから、充分に取り扱いには注意が必要だと思うが——だがこれはあくまでも俺の直感にすぎぬが、たぶん間違いない。あれらは、どこかにひそんでいたモンゴールの残党にしては——なんといったらいいのかな、鍛えられていすぎる。……しばらく潜伏して普通の暮らしをしていれば、いかな職業軍人、武人といえどももうちょっとは、そうした感覚を忘れてしまうと思うが、あのユエルスとその部下たちは、俺のかいま見た限りでは、いままさに現在鍛えに鍛えられつづけている、もっとも現役の武人のとぎすましたに感じと、それともうひとつは、命令によって動いている迷わぬ感じを漂わせているように感じられた。――それで、俺は、ああ、これはなにものかによってさしむけられ、どこかに潜入して情報をつかむよう命じられた騎士たちだなと判断したのだが……」

「俺も……そう疑わないでもなかった」

アストリアスはくやしそうに云った。

「むろん最初から、何も疑わないで仲間に加えたわけではない。あのようによく鍛えた軍人たちが突然仲間にいれてくれとやってくることそのものが、少し解せぬし――それにどこからきいてわれわれの居場所をつきとめ、合流してきたのかもはっきりしなかったし――それに何よりも、どこの隊にもともといたのか、何もその前身がわからなかったので――だが、俺はいま、ひとりでも、まともな軍人の部下が欲しいさいで……」

「それに、傭兵のよろいかぶとはつけているが、あの連中はどこかの国の正規軍人でしかありえぬ」

グインはうすく笑った。

「俺は隊長とその部下たちの会話を街道でもれ聞いたのだ。その会話はどうきいても、傭兵たちのものではなかった。――かれらをだが、うまく利用してはどうだ。かれらが、ゴーラに光の女神騎士団の情報を流しているのだとしたら、こちらから意図的に操作した情報を流してやれば、イシュトヴァーンはそれを信じる。なんといってもおのれの間者が送ってきた情報だからな。俺だったら、かれらは切らぬ。何も気付いておらぬふりをして、それどころか非常に信用したふりをして、重大な任務を与えたり――重大に見える任務を、だな。そして、そのやりかたをじっと見ていたり、どこかで確信できるような失策をせぬか見張っていたり――そして、さいごにどこかで非常に重大な偽りの情報をゴーラ軍に流させて、ゴーラ軍に対して大きな有利をおのれの軍がつかめるようにする。そのほうがむしろ、イシュトヴァーンのおとしだねなどより、よほど――かれらの存在のほうが俺には切り札のように思われるのだがな」

「………」

アストリアスはいくぶん気味悪そうにしげしげとグインを見つめた。その目が充分に、グインをうろんに思っているのを感じさせたが、それは、そのようなことを進言してくれるグインの意図を気味悪く思っている、というよりも、おのれには思いつかぬそのようなことをたくらむ、ということを気味悪く思っている、というようすだった。単純なモンゴールの武人には確かに、ずいぶんと馴染みのない、うろんでもある考え方には違いなかった。

「おぬしは――ずいぶん、見た目と……その、違うことを考えたり、たくらんだりするのだな。グインどの」

ためらいがちにアストリアスは云った。

「もっとずっと……大剣をふりまわして力づくで敵を切り伏せて通るだけの剣士にみえるのだが……なんだか、妙なことを……考える人だな。——そのようなややこしいことを俺はあまり考えたことがなかった」

「それをいうなら、そもそも、そうやってあちこちに情報網をはりめぐらし、おぬしが片田舎で潜伏している、と自分のことを考えているあいだに、とっくに実はおぬしがそうやって反ゴーラ勢力を集めつつあることを知り、注目し、ひそかに間者までも送り込んできていたイシュトヴァーンのほうにも感心すべきだろうな。やつこそ、見かけほど単純な、先頭にたって切り結ぶだけの血に飢えた狂王などではない。——意外と知的なところもあれば、非常に計画的なところもある。そのことも考え——また、すでにおぬしの光の騎士団はイシュトヴァーン王にとって注目にあたいするだけの勢力と認められていたのだ、という、そのことのほうにも、着目しておくべきところだな。いたずらに自己卑下していると、おのれのおかれている立場を見失うかもしれぬ。これから先は絶対にトーラス近辺に戻るほうがよいと思うぞ。アストリアス」

4

「陛下！」

旧街道を駆け戻ってくる、黒いマントをなびかせたリギアのすがたが見えてきたのは、もうとっぷりと暮れかけた時刻になってからだった。

「グイン陛下ですね！」

「おお」

グインは大きく手をあげて応えた。リギアは駆け戻ってくると、マリンカをなだめながら、グインのまわりでやっと足をとめさせた。下り坂であるゆえ、マリンカにはなかなかとまり難かったのだ。

「おひとりですか？　ご無事で？」

「ああ、なんともない。そちらはどうした」

「ちょっとこの先に小さな、たぶんこのへんの開拓民たちがたきものをとりに山に入るときの泊まり小屋にしているらしいような小屋があったので、そこにフロリーとスーティを隠し、御命令のとおりに、そのまま戻ってマリウス殿下を見つけて——その小屋のことを伝えまして、そこにいっていていただくようにして……それから戻ってまいりました。じっさいには、ちょっと先といっても、少し……この先の峠をこえまして、それからそのあたりにちょっと広い林が続いているところがあって——そこからちょっとまた下り坂になっていったあたりから、なだらかになっている斜面を下っていったところに屋根のようなものが見えたので、気を付けて近づいていって中をあらためて、無人なのがわかったので——たきものを積み上げてかわかしてある小屋のようでしたので、まあ暮れてしまえばあの屋根も見えないし、少し入り込んでいるから大丈夫かなと思っておいてきてしまいましたが——陛下のほうは……？」

「俺か。俺は……」

グインは肩をすくめた。

「アストリアスと話をつけた。もう大丈夫だろう。きゃつは我々を追ってくるのはやめたはずだ」

「なんですって」

呆れたようにリギアは叫び、それからあわてて口をおさえた。

「失礼いたしました。わたくしとしたことが——でも、それは、どういうことですの。アストリアスと戦われたのではないんですか？　《風の騎士》を殺された？」

「いや、そのかわりに、いろいろと情報を教えて、いまはちょうどイシュトヴァーンが俺のあたえた怪我で弱っているから、トーラスに戻り、他の勢力と手をくんで旗挙げをする最大の好機だと教えてやった。——アストリアスのほうは情報を得ようにもこのような山中に潜伏していて、また情報の得かたということについてもほとんど知識がなかったのだな。そんな、ろくろくちゃんとした情報ともいえぬような情報でもひとつひとつ、非常に仰天していたし、それではじめておのれがいまおかれている立場が見えてきたようだったので、すんなりと、フロリー母子とマリウスから手をひくことを承諾してくれた」

「なんですって。ではアストリアスと交渉、をなさったんですのね。それで、何ですって、アストリアスと話をつけた？」

「いささか最初は手荒いかたちではあったがな。——どうせ正攻法でいってもきく耳もたぬと思ったから、とりあえずアストリアスだけ誘拐して俺の話をきかざるを得ぬようにして話をつけてしまった」

「なんてことを」

呆然としたようにリギアはいった。それから、急に笑い出した。

「なんという思いがけないことをなさるおかたなんでしょう、グイン陛下。——以前はとても悲しいさいでしたから、あたしもずいぶん打ちひしがれておりましたけれど、それでも、ときおり陛下のなさることやおっしゃることに意表をつかれて、ああ、これが世界の英雄というものなのか、だとすると、ずいぶんとその……あたしの思っているスカール殿下などともお違いになる、なんというか、そういったからといってスカール殿下を恥じしめることにはならないと思うのですけれども、ずっとふところの深いおかただと……思っていたのですけれども」

「ふところが深いかどうかはわからぬが、意外とたくらみの多い人間かもしれん」

グインは面白そうに笑った。

「というか、あのアストリアスという男はずいぶんと単純な頭のつくりをしているのだな。まあ、モンゴールの若い武人などというものはああいうものなのかもしれぬが——その分、一途で思いこんだら怖いのだろうが、あれだと、悪いやつがその気になって口ひとつでまるめこもうとしたら、おそらく手も足も出ない、ひとたまりもなくたぶらかされてしまうのだろうな。ひとごとながら、あれだと誰か将の下で勇猛な副長として戦うにはむいていても、あれこれと四囲の情勢を見極めながら次々とおのれの立場をよくしてゆくようなことにはむかないだろうな。ひとことでいえば、多少——まあ、性格はかなり違うがゼノンのような……」

ふいにグインは口をつぐんだ。

リギアは何も気付かなかったので、けげんそうに暗がりにグインをすかして見た。

「ゼ、ノ、ンだと」

低く、うめくようにグインはつぶやいた。そして、そっと手をのばして、おのれの豹頭をつかんだ。

「俺はいま何といったのだ。ゼノンというのは、誰だ」

「ゼノンでございますか？　それならあたしでも知っておりますよ。グイン陛下のお気に入り、金犬将軍ゼノン閣下ではございませんか？　タルーアンの血をひく、弱冠二十五歳の。――とてつもなく、さよう陛下と同じほどに大きくて、赤毛と空のように青い目の、たいへん純朴な――『ケイロニアの戦うタルーアンの熊《バル》』などといわれている――戦車競争の達人だそうで。あたしもお目にかかったことがございます」

「ゼノン。金犬将軍――俺の気に入り」

うろたえた声で、グインはつぶやいた。

「では……その名前は……偶然出てきたものではないのか。俺のなかに……そうなのか？　戦う熊、などといわれているということは、その若者もやはりけっこう単細胞だということなのか？」

「なんですか、そんなようなことはうけたまわっておりますが。そこまで詳しくはあたしは存じませんが」

「そう……か。ウーム……」

グインはかなりの衝撃をうけて、少しいまの出来事について考えこんでいた。だが、それから、首をふって、その迷いをはらいのけた。

「こうしている場合ではないな。フロリーもスーティをかかえて心細い思いをしているだろう。無事マリウスと会えたにせよ、護衛しているのがマリウスだけではな。それに万一のことがあった場合にはマリウスでは、何の役にもたたない。といってはおのれの義兄に申し訳もないが、確かにあれは、歌をうたって食べ物を手にいれてきてくれるようなときには誰よりも有能だし、キタラをとって歌を歌わせればカルラアでさえ心を動かすだろうが、剣をとってでは、おそらくフロリーと似たり寄ったりだろうからな。むしろあと十年経ったらスーティのほうがよほど力強いフロリーの守り手になっているだろう。ともかくも、その小屋というのへ一刻も早くゆくことにしよう。もうかなり夜がおりてきたしな。――夜の闇のなかで、その小屋がうまく見つけだせるといいが」

「そう思って、一応あたしもそのへんのあれこれのあの手この手の心得はありますので、夜でもそこに到達できるよう見分けのつくしるしはつけてきたつもりですが」

リギアは云った。馬からおり、マリンカのくつわをとらえてグインのかたわらを歩き出しながら云う。

「それにしても、本当に何回考えても得心がゆかないのですが、陛下は本当に記憶を失っておられるのですか。――あのパロでのあまりに強烈だったナリスさまのご逝去のことも、クリスタル・パレスでの激しい攻防なども――みんな忘れてしまわれたのですか。こうしてお話をうかがったり、おことばをかわさせていただいているかぎりでは、まったく、そんなけぶりも感じることではございませんが。――まるきり、わたくしが存じ上げ、また中原にその名も高いケイロニアの英雄グイン陛下のままでおられるようにしか思えないのですが……」

「その、もとの俺というのがどのような存在だったのか、それがそもそも俺にはわからぬのだからな」

　仕方なさそうにグインは云った。

「だから、いまの俺が以前の俺とどう違っているかなど、わかりようもない。それにしても、マリウスの名にも俺は反応したし――リンダ、という名はなおのこと、強い感覚を俺におこさせた。それにゼノン……ウウム……」

「あまりお焦りにならないほうがよろしいのでは。陛下は記憶を『失って』しまわれたわけではなく、混乱しておいでであるだけのようにリギアには思われます。あまり、それについていろいろお考えこみにならず、時のくるのをまてば、ゆるゆると回復するのではございませんか？」

「だと、いいのだがな」

　グインは肩をすくめた。

「それにしても暗い道だ。——おや？　そこの木の幹に少しばかり光っているものがあるが、あれは？」

「あれが、わたくしのつけた目印なのです」

リギアは説明した。

「パロでこのような夜間の行軍や隠密行動のときに使う、夜光塗料です。遠い沿海州から運ばれてくる夜の闇のなかで光をはなつ成分をもった貝殻を砕いて粉にしたものを、水で練って、こうして少しぬりつけておくと、ひるまはまったく見えませんが、暗くなると光をはなって、かなり長いこともちます。——サルニヤ貝とかいうそうですが、パロでは仮面舞踏会の仮面などにもよく使いますもので。——これをたどってゆけば、道に迷うことはございませんでしょう」

「なるほど。それはきいたことがなかった。パロだけあっていろいろなものがあるのだな」

「大したことはございませんよ。これもそれも魔道師どもが作り出すものですから」

リギアは笑った。

「それにしても、それでは、《風の騎士》と光の騎士団は、陛下に説得されて、この地をすててトーラスへ向かうことになったのでしょうか？」

「おそらく、まずは本隊と合流して、それからそうなるのではないかな。俺が思うにあの団の大半はまた、決してこのあたりの田舎で生まれ育ったものたちばかりではない。トーラス生まれのものや、トーラスに駐留していたものたちも多いはずだ。——それらのものはおそらく、《風の騎士》がトーラスに向かう、といえば歓声をあげて喜ぶに違いない。そうすれば、おそらく《風の騎士》といえどももう独断では、このあたりでとどまっていようとはいえなくなるだろうさ」

「ま。またたくらみのお深い」

「こんなのはたくらみとさえ云えぬ。ごく常識的なことを云ってやっただけだからな」

「アストリアスといえばごく典型的なモンゴールの若い武人として名を知られていた男で」

おかしそうにリギアはいった。

「それに黒竜戦役の当時占領下のパロでは魔道師もほかのものも必死になっていろいろな情報を集めておりましたが、赤騎士隊長アストリアスが身分が上のアムネリス公女に懸想している、ということはけっこう有名でございました。——それで、そのアストリアスを道具に使ってという計画も出来たのでございますけれどもね。ですから、あのころから、アストリアスはおっしゃるとおり、舌先三寸で騙されるのは得意だったんですね。——そういうわたくしも、アストリアスではなく、これもまあ任務としてですけれど、別のモンゴールの武将をやはり舌先三寸でたらしこむようなことをしておりましたけれどね。でも、男は単純素朴なほうがいいなあとあとになって、あの死んだカースロンにはずいぶんと非道なことをして悪かったと思いまして……おかしなもので、ときたま、とても懐かしいと思うこともあるのでございますが。――おお、そこにも光るしるしがあります。もう少しで、あの小屋にむかう曲がり道に入ります」

リギアはふっと左右を見回した。

「それにしても、不気味な光景ですね。……陛下はこのようなものではその強いお心を動かされることもおありではないでしょうけれども。――リギアはさきほど下っていって陛下をお捜ししていたときには夢中でしたが、いまもしただひとり、マリンカと一緒にこの道を歩いているのでしたら、ちょっといやかもしれませんね。なんだか……すごいわ。地獄のどこかの眺めみたい」

リギアがそういうのも無理ではなかった。

古びた赤い街道はほそぼそとなおも続いていたが、その両側は、いったん山地がひらけてきて、おそらくは山のいただきの高原になってきていたのだろう。そのあたり一帯は、まんなかの道ひとすじをはさんで、ずっと左右に続く、ぶきみな白骨のような木々が林立していた。折れた骨が手招きしているように白い木々には、かさかさと枯れた葉っぱが少しついているだけで、大半の葉はもう落ちてしまったあととおぼしく、暗がりのなかでみるとそれはまさしく白骨の林だった。

「確かにぶきみな光景だが――なんとなく、俺は……どこかで見たことがあるような気がしてならぬが」

不思議そうに目をそれらのぶきみな光景にむけながらグインは云った。

「不思議だな。――この光景をみていると、『キタイ』ということばが思い浮かぶ。……俺はどこでこのような光景を見たのだろう。とおい夢のさなかだろうか」

「いえ……陛下は確かキタイにもおいでになったことがおありになります。常人などでは思いもつかぬほどたくさんのところにゆかれているグイン陛下のこと、おそらく、こうしたぞっとするような光景や、それに似たものを遠いキタイでもごらんになったことがあるのに違いありません」

「そうかな」

風が出てくるとその白骨の林はかすかに揺れた。といっても太い幹がゆらぐほどの風ではなかったので、揺れるのは細い枝と、そしてそれにしがみついている枯れた葉ばかりで、それがカサカサ――カサカサ――という音をたてて揺れうごくところは、なかなかにぶきみな、確かに妖怪変化の棲む白骨の森を思わせるものがあった。

「あの中に何かあやかしがこちらをのぞいているとしてもちっとも不思議はないわ」

リギアはつぶやいた。

「ゆきにここを通ったときにはまだ明るく、何も感じなかったのですけれど、それでよかったこと。このようなところをみたら、スーティはともかく、またさぞかしフロリーさんが騒いだことでしょうし」

「そうかな。あまり騒ぐほうとも思えないが」

「そうですかしら。なんだか、いつもひいひいいったり、きゃあきゃあ云ったり、気絶したりしているような気がしてならないんですけれど」

リギアは肩をすくめた。

「そんなこと、お見通しでしょうから、陛下の前で隠し事なんかいたしませんけれど、あたしはちょっとどうもあのひとが苦手のようです。べつだん悪い人だともなんとも思いませんけれど、あのどうしようもない引っ込み思案だの、いつまでも何もかも自分のせいにする自己卑下だの——のの字をかいたりべそをかいたりしているところをみると、どうにもこうにも苛々して——同時におそろしく、自分があらくれた女だ、女らしさのすべてを失ってしまった不幸な女だ、どんな男だって本当はこういう女らしいかよわい女が好きに違いない、と思われて、猛烈に苛々してくるんですよね。——ときたまむしょうに、あの小さなかよわいお尻を思いっきり蹴っ飛ばしてやりたくなるときがあります。そんなことをしたらまたしてもわっと泣き出して、よけい苛々するんでしょうけれどね。また、マリウスさまが、ちやほやなさるのをみていると、よけい」

「……………」

グインは吠えるように短く笑って、特に何もいわなかった。

「やっぱり男はああいう小さくてかわいくて細くて、自分で自分の身を守ることもできない、みたいな女の子がお好きなんですかね。あたしみたいな荒くれ女は女には見えないんでしょうか。だからって、あんななよなよしたり、かよわいふりなんかいまさら出来やしませんけれど。マリウスさまは、昔からあたしのことをとても怖がっておいででしたからね。しかもきいたところでは、マリウスさまの奥方はちょっとあたしみたいなタイプだったようで……だから、いっそう、マリウスさまは、ああいう女らしいのに心が動くんでしょう。まあ、どうだっていいんですけれどね。どうせ、別れてしまえば一生もう会うこともないだろう母子ではあるんだし。あの坊やは、かみつかれても、好きですけれどね、私」

「スーティは可愛い」

グインもうなづいた。

「だがあれを育てているのはフロリー一人だ。いかにイシュトヴァーンの血が強いといったところで、母しか見たことがなければ、その人間だけをお手本にするほかはない。それがあのようにやんちゃできかぬ気だということは、たぶんフロリーも、なよやかでかよわくはあるが、それだけではないさ。第一、そうでなくては、あの無人の山中にひっそりと小さな小屋をかまえて、二、三年ものあいだ、ただひとりで赤ん坊を育てながら暮らしてなど、いられるものではない。あれは見かけほど、なよなよしているだけの女ではないと俺は思っているが」

「そうですかねえ……」

リギアはまた肩をすくめた。

「さあ、ありました。こんどはこの白骨の林のなかを抜けてゆかなくちゃならない。この枝を折ってそこに印をつけておいたんです。ここに、細い木の下道のあるのがおわかりになりますか？　陛下では、ひょっとしたら、くぐったり、枝をはらいのけたりしないとお通りになれないくらい、狭い道ですけれど」

「うむ、これはけもの道――というか、たぶんその小屋を使っているものが踏み固めた小道なのだろうな。大丈夫だ。リギア、先に立ってゆくか？」

「この道をまっすぐおいでになればあともうものの半ザンも歩かないうちに小屋につきます。灯りはつけるな、っていってありますから……月が出てくればもうちょっと見晴らしがよくなるんだけど今夜は月もないようですし。――あたしはマリンカがいますので、この子はちょっとゆっくり通してやらないと無理だと思いますからうしろを参ります。陛下が、先にゆかれて下さい。あたしが少し遅くなってもお気になさらずに。マリンカもだいぶん疲れていると思いますし」

「わかった」

グインはそのまま、林の下生えを無理やりに踏み固めたような細い、道ともいわれぬような道のなかに踏み込んでいった。

グインのするどい聴覚は、しかし、すでにかすかな違和感を感じていた。だが、グインはあえて何も云おうとはせず、そのままゆだんなく構えながらその細い細い道なき道を入っていった。

左右は相変わらずの白骨のような木々の林であった。風が出てきたらしく、いっそうさわさわ、かさかさと枯れ葉が鳴る。足元にも、それらの枯れ葉がつもっているのだろう。足がふんでゆくとかさかさと音がして、このあたりではなかなか、誰かに動きを知られずに忍び寄ってゆくのは大変そうだ。

「ありました。あそこに黒いものが見えますでしょう。あれがその小屋です」

「ウム」

そうひとことといったまま、グインがかるくおさえるようなしぐさをしたので、リギアはけげんそうにグインを見た。だが、グインはそのときには、すでに、腰の剣をなかばひきだし、いつでも抜けるようにしながら、黒くその白骨の林のあいだにしずまっている、小さな小屋にむかって注意深く近づいてゆくところだった。

「お前はここに待っておいで、マリンカ」

低くリギアはいうと、愛馬の手綱を白骨の木の下枝にかけた。

「陛下。――どうかなさいましたか」

「静かに。なんとなく……ようすがおかしい」

するどくリギアが息を吸い込む。同時にその手も腰の剣の柄にかかる。

「ようすが？」

「シッ。――まだ、俺のカンにすぎぬが、何かが……」

グインは、どうしても近づくとかさかさと音をたててしまう枯れ葉をそっと極力音のせぬように踏みしめながらささやいた。

「リギア。ここで待っていろ。そして俺が声をかけたら動いてもかまわぬ。ちょっと気配が気になる。――何か、待ち伏せでもかけられているかもしれぬ」

「待ち伏せ？　そんな」

いったい、誰が――といいたげだったが、さすがにリギアは黙ったまま、その命令にしたがった。

グインはさらに気を付けて近づいていった。いまは、黒くわだかまる小さな薪小屋のシルエットが目の前にはっきりとひろがっている。グインの背よりもほんの少ししか高くない、本当になかにはひと間しかないだろうと思わせる小さな小屋である。その軒下に、たばねた小さなそだの山がぎっしりと積んであるようだが、それもシルエットでしか見えない。

グインは、入口から近づかずに、いったん入口を見つけてから、林のなかに入っていって、もうがさがさいうのは気にせずに、裏手にまわっていった。だが、裏には窓ひとつなかった。グインはさらに気を付けて小さな小屋の壁にそって、ぐるりとまわりこんで正面の入口のほうにまわっていった。扉がしまっている。グインはそっとからだを扉の横側にくっつけ、正面をさけて、扉のとってをつかんでひいてみた。それは簡単にひらいた。

「お!!」

とたんに――

シュッとするどい音をたてて、何かが小屋のなかから飛び出してきた!

グインはだが、充分に予期していた。からだは正面を避けていたし、手はすでに愛剣を抜いていた。楽々とその飛び出したものをよけ、グインはするどく愛剣をひねってそれを叩き落とした。それは、先がするどくとがった、かなり長い、あらけずりな白い木の枝であった。それが、扉がひらいたら、そのなかからもろに飛び出してくるように仕掛けられていたのだ。もしもそれに対して身構えもせずに飛び込んでいたとしたら、その者は誰であれその、するどくとがるように削られたにわかごしらえの槍に胸のまんなかを突き破られて即死していただろう。

「――!」

グインは鋭い気合いもろとも、身をしずめながら、小屋のなかに一気に飛び込んでいった。

第三話　白骨の森

1

飛び出してきた槍は、あらかじめ扉があくとそうなるように仕掛けてあった、ひとつだけのワナであるらしかった。

気を付けながらグインが薪小屋に飛び込んでみても、なかはしーんと静まりかえっていた。——誰もいない。ひとの気配も、比較的最近にそこにひとがいた、というぬくもりもない。その上中はまっくらで、何も見えなかった。

まさしくそれは薪小屋、というより薪の臨時の貯蔵所のような仮小屋にしかすぎないらしく、中に入ってみると、そこはグインの長い腕ならのばせば両方の壁につかえてしまいかねないほどの広さしかない、小さなひと間だけの、床もろくろく張っていない丸太小屋だった。グインは外に手を出してリギアを手招いた。

リギアは用心深く抜き身の剣をさげたままそっと小屋に入ってきたが、やはりグインのように、小屋が無人であることを確かめると、剣を鞘におとしこみ、そして腰につるしたかくし袋から何かとりだして、かがみこんで何かかちかちと音をたてていた。やがて、ぼうっと暗い小屋のなかが明るくなった。リギアは、火打ち石で、ありあわせのぼろぎれを薪の一本にくくりつけて火をつけ、臨時の松明を作ったのだ。

「こういうときにパロの魔道師がいるとあの《鬼火》というのをすぐ出してくれて便利でいいんですけれど」

リギアは云った。そして松明をかかげた。

「——誰もいませんね」

「この小屋に間違いはないな」

グインは言葉少なく確かめた。リギアははっきりとうなづいた。

「間違いございません。おもての戸のところにも、あたしがつけたサルニヤ貝の粉の目印がありましたから。それにあたしが昼間この小屋を見つけたときにも、この周囲にも同じような小屋はべつだんありませんでした。なかのたたずまいも、薪の積まれ方も見覚えがあります。この小屋で間違いありません」

「ということは、この扉にしかけたワナといい……」

「誰かが、フロリーとスーティ、それにマリウスさまを連れ去った、ということですね」

リギアはぼうっと燃え上がる松明のあかりのなかで、おぼろげに照らし出される顔をひきしめながら云った。

「誰が。どこへ。何故」

「むろん、それがアストリアスの手の者がたくみにたちまわり、さきに手をまわしたという可能性もなくはない。また、それとはまったくかかわりのない、我々のあずかり知らぬ第三勢力がいたかもしれぬ、という可能性もないわけではない」

ゆっくりとグインは考えこみながら云った。

「どうしたものかな。この暗さでは、あたりのようすを調べようにも動きがとれぬ。とりあえず、このワナについてちょっと調べてみたいので照らしていてくれるか」

「はい、陛下」

「もしも迂闊に近づいていれば、俺でもお前でも胸をあの太い槍で貫かれて絶命している。これが、我々がフロリーたちのもとにやってくるだろうと知っての上で仕掛けられたものだとしたら、それを仕掛けた者たちは、われわれがフロリーたちを取り戻しに追ってくるのをそうやってさまたげようと考えた、ということだ」

「はい……ご無事で、よろしゅうございました」

「なんとなくおかしげな気配を感じたのでな」

グインは云った。

「とりあえず、正面から無警戒に飛び込むほどには抜けてはいなかった、ということかな。一応、それでも、ワナを見つけて飛び退くくらいのことは出来たとは思うが、手傷くらいは負ってしまったかもしれん。いまの時期には、一応そのようなことにはなりたくないので、まあ、よかったということだな」

「いったい、どこのどいつが……」

リギアはくちびるをかみしめた。もう、顔にまいている布は取り去っていたので、日に灼けた美しい精悍な顔が松明のあかりにおぼろに半面照らされていた。

「こんなことを。――そして……あの子たちをいったいどこへ……何のつもりで」

「もう、夜がかなり深い、リギア」

グインは少し考えてから、断を下すようにいった。

「残念だが、きょうはもうたぶん動きがとれぬ。きょうここで、ばたばたとあがいてこのへんを探し回ったところで、お前が俺を迎えに来るまで、それから俺が戻ってくるまでには相当に時間がかかったはずだ。そのあいだに、フロリーたちを攫ったやつらはおそらくあるていどは遠くまで動く時間があっただろう。また、もしこの近くにひそんでいるとするとこの闇のなかで事情をわからぬままに動き回るのはなお危険だ。――それに俺としては、この近所にひそんでいる、とは思わぬ。もしそれなら、こんなワナを仕掛けてゆく必要はなかっただろう。……きょうは、もう、とりあえず足止めだ。明日の朝、明るくなってからなら、木の枝の折れかたや下生えの踏みしだかれ方などでまた、おのずとわかってくるものもあろう。少なくとももどのくらいの人数がどの方面へいったのかというようなことは、これだけの林のなかだと、隠しおおせるものではないはずだ」

「そう……だといいのですが」

「とりあえず今日はもう出来ることは何もない。今夜は我々はこの薪小屋を借りて宿ろう。だが一応夜襲は警戒して、交互に眠ることにしよう。迂闊に火もたけぬが、まあこの程度の冷え込みなら、スーティたちがいればともかく、俺とお前だけならマントにくるまっていてもなんとかしのげよう。食糧もたしかほんの少しだがあったな」

「はい、まあ明日くらいまでの当座の食糧は持ってございます。マリンカをそれでは、こちらに連れてきて、なるべく近くにつないでおきましょう。あれもかなり鋭敏ですので、何かが近づいてくれば必ず騒ぎます。そうやってこの長い旅のあいだにいくたびも、マリンカのおかげで知らずして取り囲まれたり窮地に陥るのから、救われたことがございました」

「賢い馬だ」

グインはうなづいた。

「それにお前も、さすが女騎士、女だてらに聖騎士伯を名乗る女だ。お前のように無駄に騒がない女はとても助かる。——ではとりあえずマリンカを連れてくるがいい。とりあえず落ち着いたら俺が先に少しねむらせてもらう。夜半になったら交代しよう。月が頭上にくるくらいになったら起こしてくれ——今夜は月があるのかどうかはよくわからんが」

「かしこまりました」

リギアは云って松明を手に出ていった。グインは、薪の山を適当に背中にして、床に腰をおろそうとしたが、その前に、慎重にもう一度小屋のなかを調べた。

「俺は夜目もけっこうきくようだな」

グインはそっとひとりごちた。

「これまで気付かなんだが、リギアが松明をつけたのではじめて心づいた。普通の人間の目にはこのていどの暗闇だと、ものがよく見えぬのだな。——俺にとっては、やや暗いくらいであまり変わった様子だとか、不自由だとか感じてもおらなかったが——そういう意味でも、俺はおそらくあちこちが常人と違っているのかもしれぬ」

この小屋に近づいたときのことも、グインは思いだしていた。それまで、何の気もなく疑いもせず、すたすたと近づこうとしたとき、（待て——油断するな！　警戒しろ、中に敵がいるかもしれんぞ！）とグインのなかで鋭く囁いたものがあったのだった。

（あの声がなくば——いかな俺といえども、あの槍に迂闊にまっこうから胸板を貫かれていたか、辛うじて反射的によけたとしても腕などに傷くらいはまぬかれなかったかもしれぬ。――あの声は、あれは……俺の心の声というよりは、まるでもうひとりの、俺を見張っている俺がいて……それが鋭く俺の油断をたしなめたようだった……)

「おもてには、何も一見したかぎりでは異変もございませんし、誰か兵が伏せてあったり、なにものかがひそんでいるようすも見てとれません」

リギアが入ってきて報告した。

「マリンカはそのようにしつけてありますので、もしそうして敵が兵を伏せていたりすることがあるといないいて知らせますし、馬の嗅覚は人間のそれよりもずっとするどいのです。でも、マリンカはおとなしくしておりました。何も特におかしなことはないようです」

「ということは、もう、何者であるにせよフロリーたちを拉致したものたちは、ここから出て、とく彼らを連れ去ってしまった、ということだな」

グインはうなづいた。

「糧食を召し上がりますか」

「うむ、貰おう」

「それでは、ただいま」

「お前が馬を連れにいっているあいだに俺もこの小屋の内部を調べてみたが、俺の嗅覚にも、血のにおいもしなかったし、それらしいものが落ちている痕跡もなかった。少なくとも、三人がどのような運命をたどっているにせよ、この小屋のなかで殺害されたり、あるいは傷つけられてはいない、ということだ」

「だと、よろしゅうございますが。さ、陛下。粗末なものではございますが、パロの携行食糧の作り方は魔道師が開発したものでございますので、たいへん腹持ちがよろしゅうございます。少しでも、元気が出ますし、とても栄養がございます。口ざわりがあまりよくございませんので、少しづつ口に含んで溶かしながら喉に入れて下さい。こちらの水筒に少しですが酒もございますので」

「有難う」

グインは礼を言って、リギアから、そのあまり見慣れぬ、練り固めた粉のようなものを受け取った。奇妙な薬草めいた味がしたが、後口はまずくはなく、そして、ゆっくりとそれを口に含んでリギアのいうとおりに味わっていると、少しでもずいぶんとたちまち腹が満ちてくるような感じにとらわれた。

「陛下は、いったい、なにものがかれらを連れ去ったとお考えで？」

「さあ、わからぬ。俺は、まだ証拠のないことについては何もあまり考えぬことにしているのでな」

「それは……まことに武人としてあるべきお考えだとは思いますが……アストリアスた

ちの一味でしょうか？」

「だとは思わぬ。もしアストリアスに人並みの知能があるとしたら、彼は、むしろ俺に協力をもとめ、俺と敵対関係に陥らぬほうがいまの彼にとっては得策だと判断するはずだ。そもそも俺とアストリアスのあいだには、アストリアスのほうに何かかつての因縁へのうらみがあったにせよ、それ以外には何のひっかかりもない——俺からは特にない」

「アストリアスはパロには深いうらみを抱いているのです」

考えこみながらリギアは云った。

「フロリー母子についてはまだしも、マリウス殿下については……決して何のひっかかりもないとは申せませんでしょう。——彼がだまされて五年もの若い年月を地下牢で呻吟し、あのようなすがたになりはててしまう原因となったのはまさにマリウス殿下と——それにヴァレリウス、そしてすべてのたくらみのおおもとを作られたナリスさまです。ナリスさまはすでにおられぬ以上、アストリアスのうらみはマリウスさまとヴァレリウスに向かうのではないでしょうか」

「だがいまのところ話をきいた限りでは、彼のうらみはモンゴールをほろぼし、彼の女神であったアムネリス大公を破滅させたイシュトヴァーンにひたすら向かっているように思われた。マリウスについてのうらみはいわば私憤、いまの彼はむしろ、イシュトヴアーン打倒にいのちをかけている、と話をきいた限りでは、俺には感じられたが」

「ええ……」

「俺は、むしろ……」

言いかけて、グインは口をつぐんだ。

「むしろ――？」

「いや、よそう。それも証拠があるわけではない。それでは腹もくちくなった。俺は少しやすむ。さいぜん云ったとおり、夜半になって俺が二、三ザン眠ったと思ったら起こしてくれるがいい」

「心得ました」

「それまでは退屈かもしれぬが、見張りを頼む。まあ、誰か近づいてくるとも思えぬがな。マリンカもいることだし」

「かしこまりました。大丈夫です。私も武人としての訓練は受けております。居眠りするようなことはいたしません」

「うむ」

グインは云った。云ったと思うともう、薪の山に、なかば上体をもたせかけて、目をとざしていた。

リギアはなんともいいようのない目つきでそのグインを見守った。もう、たいまつは燃え尽きていたので、小屋のなかはかなり暗かったのだが、その暗がりのなかにも、黒いマントに包まれたからだはほとんど見えなかったが色あざやかな黄色に黒の斑点のあるグインの頭部はかなりはっきりと浮かび上がっていた。

(なんて、不思議な一夜なのだろう)

リギアは思わずひとりごちた。

(こんな……はるかなえたいのしれぬ辺境の小さな薪小屋で、相手もあろうにケイロニアの豹頭王、世界の七つの不思議の最大のものとさえいまでは云われている英雄グイン陛下とふたりきりで夜をあかすなんて。——ナリスさまがもしもおいでになったら、どんなにあたしをうらやまれたことだろう。あのかたは、ノスフェラスをこの目で見、この足でノスフェラスの砂を踏んでみたい、というような子供のようなあこがれとともに、ケイロニアの豹頭の戦士と親しく口をきいてみたい、そのふしぎな風貌を目のあたりにしたい、とずっと願っていらした。——ついにそれがかなって、いわばグイン陛下の腕のなかで息を引き取られるようなことになったのは、ナリスさまにとっては望みうる最大の幸せだったのには違いないけれども……)

(ほとんど、かけちがってさいごのさいごにひと目見ることしかお出来にならなかったはずだわ。——リギアがこんな不思議な一夜を過ごしました、とご報告申し上げたら、どんなにねたまれて、意地悪を云われたことだろう。優しく微笑みながら——ああ、なんだか、あのかたがいなくなってから、もうずいぶん長い長い月日が流れたみたい――でもまだ本当はそんなに長い年月がたったわけではないはずなのだけれど)

(あれきり、もうずっとナリスさまのご墓前にももうでていない。というよりも……ヴァレリウスはちゃんと、ナリスさまの御希望どおりにマルガにナリスさまのための廟を作ってさしあげられただろうか。ヴァレリウスもたいそう忙しくあちこちをかけまわっていたから、きっとまだ、ナリスさまの廟はフェリシア夫人のお国元にかりそめに安置されているだけだろう……思えば、なんてあわただしいいくさの日々だったことか)

(そして、スカールさまも……スカールさまとさいごにお目にかかったのも遠い、遠い昔の夢のようだ……あのかたの強い腕と胸に抱かれた日のことならばなおさらに……)

リギアはそれからそれへと、暗闇にしだいにはっきりと浮かび上がってくる豹頭のあやしい模様を見つめながら、物思いにふけっていた。そのリギアの思いは、つきることもなかった。それほどにたくさんの、あふれかえるような物思いが、リギアの内にはあったのだ。

やがて、だが、起こすまでもなく、グインは音もたてずにひっそりと頭を立て直した。それが、グインが目覚めた、という唯一の合図だった。

「もう、充分休養をとった」

グインが低く云った。

「次はお前が休め、リギア。——このあとどのようなことになるかわからぬ。たくさん、体力をととのえておいたほうがよい」

「有難うございます。それではそうさせていただきます」

リギアはマントに身を包み直して、壁の下のところにそっと身をよこたえた。外で、ブルルとマリンカが鼻をならす音がきこえてきて、リギアをはっとさせたが、それはただ、マリンカが退屈して鼻をならしただけだったらしく、またあたりはしんと静かになった。

そのまま、リギアも、いつでもどこでも休息がとれるように鍛えてある武人らしく、すぐに寝入ってしまった。静かな寝息が唇からもれはじめた。

今度はグインが、大剣をかかえこむようにしてうずくまったまま、じっと闇に目をすえていた。さきほどまでのリギアと同じように、グインにもたくさんのあふれる物思いがあった——だが、過去とそしてこれからを、来し方と行く末とをあれこれと回想したり、不安に思ったり、あてもなく考えていたリギアと異なって、グインには、思い出せるものはほとんどなかった。グインにとってまだ、世界は、ふと目覚めておのれがそこに存在しているということに気付いた、ノスフェラスのあの奇妙な朝からあとしか存在していなかったからだ。それからあとだけでもずいぶんといろいろな心ゆさぶられる出来事があったにせよ、それでも、それはごくごく短い期間の出来事にすぎなかった。そして、それにくらべて、マリウスやほかのものたちから知らされた、おのれのこれまでにしてきたこと、経てきたといわれることどもはあまりにも膨大で、とうてい、一個人が短い期間になしとげうることであろうとも思われなかった。それでも、どうやら、それをしたのがおのれであることは、疑いをいれぬようだったのだ。

（だが俺はまだあまりにもたくさんのことを……したり、たくさんの人と出会ったりしてきているらしい。――マリウスでさえ知らぬ出会いや、いくつもの場面があるらしい。いったいいつになったら、俺は、俺の脳のなかで迷子になっているらしいそれらの記憶を本当に取り戻すことができるのだろう。――そのときこそ、はじめて、俺は、ああ、これが本来の俺であったのだと――心おきなく、まさにこれこそが俺自身の生であるのだと確信することが出来るであろうものを……）

グインの物思いもまた、はてしもなかった。

その夜は、だがその上もう何の異変もおきることなくすぎた。そして、朝の光がこの小さな薪小屋を照らし出すと同時にリギアも飛び起きた。そのへんもさすがに鍛えられた女騎士であった。

「わたくし、寝過ぎたでしょうか？」

「いやいや」

ささやかな薪小屋にもわけへだてなく、起きたばかりのルアーの光がふりそそいでいる。グインは荒っぽく丸太を組み合わせてある扉をあけ、小屋のなかに朝の光を入れておいて、そのなかをくまなく調べた。

「この扉の上と下に綱をつけ、ちょうど弓につがえた矢がひきしぼられるようなかたちにあの手製の槍をつけて、扉があけられるとその扉をひきとめている綱が切れるようにしておいて、槍が飛び出すように仕組んだのだな。簡単といえば簡単だが、かなり効果的なワナだ」

扉を調べてみながらグインは云った。

「むろん、もともとこの扉に仕掛けてあったものではない。このへんで木を切ってきて作ったものだ。まだ木が新しい。——そうでなくともこんなただの薪小屋でそのような警戒をあらかじめしておくわけもないが。……このような仕掛けは、パロではよく知られているのか」

「魔道師ならばどのような仕掛けも考えましょうが、少なくともパロで、あまりこういう仕掛けを見たことはございません。もっと精緻なものならございますが」

「まあそれは場所柄、あまり材料もなかったということもあるだろうが——それにしてもわざわざこのようなものを仕掛けていった、というのは、出来ることならば俺に追跡されたくないという、拉致者たちの警戒心のように思われる。というか」

グインはやや複雑そうに云った。

「ひとつだけ非常にはっきりしているのは、この者たちは、つまりフロリーたちを拉致したものたちは、われわれがここにあとからやってくるだろうと知っていた、ということだな」

「と、おっしゃいますと」

「もしもこのあとに俺なりリギアなりがこの小屋にやってくることを知らなければ、わざわざ手間をかけてこんなワナなどを用意する必要もない。かえってこれの仕掛けをしているあいだにどんどん遠くまで、人質たちを連れて逃げたほうがいいと思うだろう。また、たいして、追跡してきてもおそれる必要もないあいてがやってくると思うのなら、これまた、こうして小屋を訪れたときに万が一の僥倖で仕留められてはくれぬか、などと期待してこのようなワナを仕掛けることもないだろう。俺の考えでは、フロリーたちを拉致したものたちは、明らかに、俺とお前がフロリーたちがいるものと期待して小屋にやってくることを知っていた、ということだ」

「それは、どういうことなんでしょうか。あたしにはよく……」

「フロリーの同行者がほかならぬ俺、ケイロニア王グインと、そして聖騎士伯リギアという、あなどれぬ戦士二人であるということを、フロリーたちを拉致した人間が知っていた、ということさ。——ということは、すでに、これまでのいろいろないきさつをある程度知っている人間が、先回りしてフロリーたちを連れ去った、ということだ」

「それはでも、あたしには……ガウシュの村の者達とか、《風の騎士》の一味しか考えつかないのですが……ほかのものとはまるきり、かかわりを持ってもおりませんし」

「そのとおりだが――ひとつ俺が気になるのは、魔道師というものは、見かけはまったくそのへんにいるようには見えなくても、遠くからあやかしの術によって遠隔の地でおこっている出来事を見たり、あるいは姿をかくしてそうした情報を収集したりできるのだろう」

「それは、そうです。でも、どんな魔道師が……パロの?」

「いや。俺が出会った魔道師は、いずれにせよどこかの国に属したり、国のために働いているとは思えなかった」

グインは云った。

「俺がとても気になるのは、あの、〈闇の司祭〉グラチウスと名乗った老人の魔道師だ。あの老人は俺にきわめて大きな興味をもっており、さまざまに俺についてちょっかいを出してくるようにみえた。あやつは簡単にいえば俺をおのれのものにしたがっており、そのためなら、どのような大きなワナでも卑劣な真似でも仕掛けてくる、というようにに思われた。だが、もしも彼がこの誘拐にかかわっていたとすると、このようなお粗末なワナは仕掛けたりすることはあるまいしな」

「〈闇の司祭〉グラチウスのことはあたしも知っておりますが……」

リギアは不安そうにいった。

「あたしにはわかりませんが……たいそう力のある魔道師だと聞いています。確かに、そんな人物なら、そんなふうにまわりくどいことをしなくても陛下に直接ちょっかいを出してくるのでは？」

「それもそうだ。だが、可能性としては捨てておくこともない」

「あたしは思っていたのですが……」

リギアは、なおも小屋のなかを詳細に調べているグインを見つめながら云った。

2

「万が一にも、フロリーたちが、自分自身の意志でこの小屋を立ち退いてしまった、ということはありえないでしょうか？——といって、そんな、自分で自分の首をしめ、唯一の力強い助けを下さる陛下とわけもなくたもとをわかってしまうような、そんな理由はあたしにはどうしても考えつかないのですが……」

「ウム、それも俺としては、可能性のひとつとして考えないわけではないが……少なくとも、この失踪が暴力的な拉致によるものだ、という証拠もないわけだからな。だが、もしなんとか理由を考えるとすると、マリウスが、フロリーとスーティを連れて俺とそなたから行方をくらまそうと思った、ということになる。あるいは、フロリーが、パロにリンダ女王を頼ることをこころもとなく思い、この上俺やそなたに迷惑をかけることをあの遠慮がちな気性から心苦しく思い、それで身をひこうとして、マリウスに頼んで連れ出してもらった、というような……だが、それもどうもありえぬことのように俺には思える。フロリーというのは、そんなふうに積極的に動く女のようには、俺には見えないのだが。といってもちろん、イシュトヴァーンのもとからももとの女主人たるアムネリスのもとからも出奔してしまったのだから、そうした行動力は意外とあるのかもしれぬが、少なくともいまは、スーティという幼い子供を連れ、追手をかけられているという不安におののいているのだからな」

「それに、あのひとはあんなぞろぞろしたスカートをはいているし、しかもスーティはまだ二歳です。……そんな二人が、夜になってから、真っ暗なこのへんの林を抜けて道にだって、たどりつけるかどうかあやしいものですし……マリウスさまはともかく。そうですねえ、やっぱりそれはありえない気がしてきました」

「ともかく、あたりを調べてみよう」

グインは、またリギアがわけてくれたその魔道師の携帯食を少しばかり食べて朝食のかわりにすると、そのころにはもうすっかり朝露も蒸発しかけている森のなかへと出てみた。小屋のなかにはもうその上、何かの手がかりになるようなものはひとつもなかったのだ。

「ふむ」

グインは小屋のまわりのあちこちを詳細に調べながら、声をあげてリギアを呼んだ。

「やはり、これは拉致と見たほうがいい。このあたりの下生えを見てみるがいい、かなり長いことにわたって、蹄鉄のついた馬のひづめらしきものに踏みにじられている。このやわらかな泥のところに蹄鉄のついたひづめの足跡がある――それもいくつも入り乱れている。この道を入ってきたものと、出ていったもの。――草がずいぶん押しつぶされている。これはマリンカ一頭の足跡ではありえぬ。それに、かなり新しい。かなりたくさんの騎馬がこの細道を通って小屋にやってきて、そして出ていったのだ。やはり、それがフロリーとスーティ、そしてマリウスを拉致した、とみるのがもっとも自然だろう」

「騎馬なのですね。ということは、騎士たち」

「その正体についてはまだ何も推論でも云わずにおくが、とりあえずかなり高いところの枝も折れて落ちているものがあるし、馬の糞も少し落ちている。間違いないだろう」

「どう、されますか」

「あとを追う」

わかりきったことをあらためて問われたことにむしろ驚いたように、グインは答えた。

「このひづめのあとをたどってゆけば――土がまだぬかるんでいる。このあたりの土は泥土だ。旧街道に出れば、少しは足跡が残っているかもしれぬ。それをみれば、どちらにむかったのかわかるだろう。いずれにせよ旧街道には出ざるを得ないはずだ。この木立のあいだを抜けてゆくのでは、はかがゆかなくて仕方がないだろう」

「わかりました」

リギアはマリンカの手綱をとり、二人はまた、一夜をあかした小さな誰のものとも知れぬ薪小屋をあとにして、白い木々のあいだの細道を抜け、旧街道へと戻っていった。マリンカは一晩おとなしく過ごしていたのが寂しかったとみえて、リギアが出てくるといかにもなつかしげに鼻をならし、顔をすりよせて甘えた。

二人と一頭とは旧街道に戻るべく木々のあいだを抜けていった。朝の光のなかでみても、やはりそれはぶきみな白骨の森であった。それが、もしも葉っぱの生い茂っている時期ならば、もうちょっとは青々としてぶきみさが少ないのかどうか、それはかれらにはわからなかったが、木の肌のぶきみな白さ、人間の皮膚のような白さと、それがところどころはげてその下から新しい、いっそう真っ白な肌がのぞいているところが、またしても妙に骨のような印象をあたえて、それはひどくぶきみな森であった。

「こんなところに一夜宿っていたのか」

リギアはそっとつぶやいた。

「なにごともなかったことをヤーンに感謝すべきかもしれませんね。なんだかこの森は、妖魅がひそんでいてもちっとも不思議はなさそうに見えます」

「街道のレンガに少しだけ足跡が残っているが……」

グインはもう、白骨の林になど何の関心も示すこともなく、旧街道の足跡のほうに注意を集中していた。

「向きは？」

「西だ。――正確にいえば、太陽に対して西南、方角からいえば、クム、あるいはパロのほうだな」

「パロへ……まさか」

「まあこれはいずれにせよ、この街道をゆくか、戻るかするしかないのだから、あまり最終的にどこへむかったという確定の証拠にはならぬ。まして、俺たちが東北からやってくる、ということをもし拉致者たちが知っていたとすれば、そちらに戻ってゆけば我我と鉢合わせする危険をおかすわけだ。まあ、当然まずはこちらに向かうだろう。しかしだな……」

グインはちょっと考えていた。それから、肩をすくめた。

「まあいい。とにかく、少しのあいだ追跡してみよう。ひとつだけそれほど心配しないでもかまわぬかと思うのは、もしも殺害するつもりだったり、殺害せぬまでも危害を加えようと思うのなら、わざわざ連れ出したりせずに、あの小屋でしたに違いない。そのほうが、ずっと、連れ回してからやるよりも危険が少ない。もし、安全なところへ……などと考えているうちに思ったよりはやくお前なり俺なりがあの小屋のほうへ戻ってくるとしたら、連れて出ようとしているところにぶつかるかもしれぬし、マリウスといえども抵抗すれば少しは騒ぎが聞こえるかもしれぬ。小屋のなかで殺してしまったほうがよければ、そうしているだろう——と思いたいものだが」

「なんだか胸が騒ぎます」

短く、リギアは云った。

「私、馬でちょっと先乗りして、様子をみて参りましょうか」

「そうだな。そうしてもらったほうがよいかもしれぬ。俺が相当に早く歩いたとしても
やはり馬のほうが早いだろう」

「ちょっと、フロリーたちを連れ去ったものたちのかげなりとないかどうか、見てきます」

云うがはやいか、リギアはマリンカに飛び乗り、すばやくかるくムチをあてた。

マリンカは一晩リギアと離されて、あるじが背中にまたがるときを待ちかまえていたようだった。ひと声いなないて軽快に走り出し、たちまちそのすがたは赤い街道の彼方に消えていってしまう。

グインは、なおもしばらく足跡の具合を詳細に調べていたが、もう少しゆくとその泥がつけた足跡もすっかり消えたり、かわいたりしてわからなくなってしまっていたので、あきらめてそのまま街道を歩き続けた。だがその歩みは決していつものグインの全力の速度ではなかった。明らかに、グインにはなにか考えるところがあったのだ。

半ザンばかりすると、リギアが馬をとばして戻ってくるすがたが遠くから小さくみえ

た。そしてそれがだんだん、赤い街道の上に大きくなって近づいてきた。

「駄目です」

かなり遠くから、リギアは一刻も早く報告したいかのように声を大きく張り上げた。そのまま、馬を近づけてきて、寸時を惜しむようにマリンカから飛び降りる。

「かなりいってみましたけれど、何の手がかりもありません。それにこの街道……このもうちょっと先にゆくと、困ったことに、三筋にゆくてがわかれてしまっているのです。一本はボルボロス道、もう一本は山越えをしてタスに向かう道、そしてもう一本はたぶん旧街道の脇道なのでしょう、カダイン道と書いてありましたから、そのまま東南へむかってしまうようです。おそらくまっすぐゆくボルボロス道なんだろうとは思いましたけれど、三本の道をそれぞれに捜索していると時間がかかりすぎると思って、いったん戻って参りました。どうしましょう――もしも、ここで三本の道を選びそこなったら、もう私たち、永遠にマリウスさまたちをさらったやつらに近づくことは出来なくなってしまいます」

「……………」

グインは何も云わぬ。じっと何か考えているふうだ。

「それに、何ひとつ……云ってこないということは、あたしたちを脅迫しようという目的ではないということですよね。――それがなんだか気に懸かります。みな、無事でいてくれればいいのですけれども」

「無事——という点については、いまのところは、たぶんそれほど心配はせんでもよいだろうとは、さきほどいったことだが——よし、仕方ない」

「はい？」

「このまま、戻るぞ。リギア——少し急がねばならぬ。時間がどんどんたってしまう。出来ることなら、リギアに先にいってもらって、さきぶれをしてもらったほうがよかろう」

「さきぶれ——な、何の？　戻るというのは、どこへ？」

「光の騎士団を探す」

グインのひとことに、リギアはあっと目を瞠った。

「何ですって？」

「我々二人、しかも一人は徒歩の俺ではとうてい、騎馬の誘拐者たちに追いつけぬ。このさい、とる手はただひとつだ。《風の騎士》アストリアスの力を借りよう」

「な、何とおっしゃいました」

「少しばくちになるかもしれぬが、アストリアスの団は三百人からの騎士たちをかかえているのだ。その上にこのあたりに詳しい。かれらに協力してもらい、フロリーたちを探し当てるほかはない。時がたつと非常にまずいことになると俺は思う……たぶんな」

「それは……そのとおりですけれど、で、でも、アストリアスと手をくむ？　そ、そんなことが可能でしょうか」

「お前が、アストリアスは舌先三寸にたぶらかされやすいと云ったのだ」

グインのことばは笑いを含んでさえいた。

「だったら、俺が舌先三寸でもたぶらかせるだろう。――そのかわり、少し俺にとっても危険な橋はわたることになってしまうだろうが、まあ……最終的にはどうにでもなるだろう。ともかく俺は他のものはともかく――といっては義兄に申しわけがないが、スーティのことが心配なのだ。スーティの人生にだけは、そんな早いうちからかげりをかけたくない。スーティを守ってやりたいと俺は思った――それがもう、こんなに早く、俺がここにいながらスーティにわざわいがふりかかるなどということは許しておけぬ。――すまぬが、アストリアスの隊を探してくれ。きのう少しアストリアスには衝撃を与えてやったので、おそらくもう本隊と合流して、もしかしたらトーラスめがけて出立してしまっているかもしれぬが、あれだけの人数だし、まあきのうの夜は動けぬだろうから、いまごろようやくそろそろ出発しようのどうのといっているころだろう。――山あいの道の一個所に、俺が生木を倒し、その上にがけくずれをひきおこして作った、通せんぼうの個所がある。それがあれば、そこから比較的近くにアストリアスの本隊がいる。先にそれを探し出して、アストリアスに用があるといい、俺の名を出して、俺がアストリアスにどうしてもしなくてはならぬ話しがあるといってこちらに向かっているからといってくれ。出来ることならアストリアスからもこちらにむかって少しきてくれれば早く会える」

「かしこまりました。私が、アストリアスを連れてくればよいのですね。やってみます」

「昨日アストリアスにした話で、おそらくかなり、それまでとはアストリアスの考えもかわっているはずだ。実はきのうそのくらいまで布石をうっておこうかとも思ったのだが、少し冒険すぎる気がしてやめてしまった。そうしておいてもよかったかもしれんな」

「――？」

「いや、それはこちらのことだ。では頼むぞ」

「わかりました」

リギアはいくぶんけげんそうにグインを見たが、そのままうなづいて、マリンカの馬首をたてなおした。

「ハイッ！」

そのまま、愛馬に声をかけ、こんどは反対側へ――きのう、どんどん遠ざかろうとしてきた方向へいっさん走りに駆け戻ってゆく。かなりの速度だ。

それを見送って、グインは今度はまた、そちらに向かって歩き出した。西にむかい、東にむかい、また西にむかい、東に戻り、上からヤーンの神が見ていれば、ずいぶんと笑ったかもしれぬほど、ゆきつもどりつの歩みであったが、グインはもう何も気に留めていないようにみえた。

そのままグインはあまり体力を消耗しすぎないように気を付けながら歩き続けた。さいわいにこのへんの街道は一筋道で、道をあやまるおそれはない。途中で何回か休み、そしてまた歩き出して、また峠をこえてきのうの山にそろそろ入るか、というあたりまできたときだった。

「おーい。おーい」

そのさきからまた山はだをまいて続く下り坂――あちらから見れば上り坂になっている、確かになんとなく見覚えのある山道の彼方から、声がしてきた。

「おーい。グイン陛下、そちらにおいでか。おーい」

上り坂のほうからはこちらは見えぬのだろう。

(不用心なことを)

グインは少し薄く笑って、そのまま口に手をつけ、

「俺はここだ」

とかえした。ほどもなく、上り坂をのぼって、いくつかの騎馬のすがたがあらわれた。先頭にリギアとマリンカの姿があり、そのうしろに、ぶきみな銀色の仮面のアストリアスと、そしてその腹心らしい数騎の騎士の姿があった。

「おお、ご苦労だったな、リギア」

「最初はなかなか信じていただけず、ぐるりと囲まれて仲間の仇！　と剣をむけられて往生しました」

リギアが日にやけた美貌をほころばせて笑った。

「でも、アストリアスどのが止めてくださいましたので。――グイン陛下がお話があると云われるからには、重大なことであろうと、すぐにとってかえして下さいました」

「すまぬな。ご足労をかける」

グインは云った。アストリアスは銀の仮面を山の日にきらりと光らせながら、馬から下りた。

「どのような話なのだ、グインどの。性急ですまぬがとりあえずお話というのをうかがいたい」

「俺も時間がない。ずばりと言わせて貰う。取引がしたい」

「なに？　と、取引？」

「そうだ。――おぬしの光の騎士団の力を借りたい。俺とリギアだけでは手にあまる事態がおきた。それはおぬしにもかかわりのある事態なのだ」

「何？　何のことだ？」

「アストリアス。おぬしの隊に、俺が昨日話した、例の新参の騎士たち、ユエルス隊長とその仲間の五騎はまだいるか？　もしいれば、これはまったく違う話となるのだが」

「何だと？」

アストリアスは、グインのことばにいちいち驚かされてばかりいるようにみえた。

「な、何のことだ？　ユエルスは当然いるだろう。べつだん、何も別に動くようにと命じてもおらぬし……なぜだ？」

「確かめてもらえぬか。俺の推論があっているかどうかを確認するために」

「ユエルスが、いるかどうかを確認するのが？」

「そうだ」

「おい。見てこい、ホキ」

アストリアスは仮面の顔をひとりの騎士にむけた。

「本隊はさっきの野営の場所に待たせてある。そこでユエルスとその部下たちの居場所を確認してこい」

「かしこまりました」

ホキと呼ばれた騎士たちがすぐに馬をかえして駈け去ってゆく。それを見送って、アストリアスはけげんそうにグインを見つめた。

「どういうことだ、グインどの。これは。ユエルスがどうかしたのか」

「もし、ユエルスがおぬしの隊にいた場合にはそれはおれのかんぐりすぎだ。その場合には俺の推論はすべて崩れる。俺はおぬしにもユエルスにもあやまらねばならぬ。——だがもしユエルスがきのうのうちに、いつのまにか姿をくらましていた場合には……」

「な、何……?」

「彼が——彼と彼の一味が、フロリーとイシュトヴァーンのおとしだねスーティ、そして俺の義兄であるマリウスを誘拐した、可能性がある」

「な——何——なんだと?」

アストリアスが呆然とした。仮面の下でその口はぽかんとあいていたのかもしれぬ。

「そ、それはいったい……」

「おぬしたちの追跡を俺が食い止めているあいだに、リギアにフロリーたちをどこか安全そうな場所に隠しておけといいつけて先にゆかせた。昨日のことだ。そして俺はおぬしを失礼していささか手荒いしかたで話し合いの場に拉致した。——そうだろう」

「ううう……」

「リギアはフロリーとマリウスたちをそのさきの白骨のような木々の林のなかにあった薪小屋に隠し、そして俺にその場所を知らせに戻ってきた。俺はおぬしとの話し合いを平和裡に終えてかれら仲間と合流するために先へすすみ、リギアと出会い、そしてリギアの誘導でその小屋にいった。だがその小屋のなかはもぬけのからだったのだ」

「…………?」

「かよわい女のフロリーと幼いスーティ、そして戦うには不向きな吟遊詩人のマリウスの三人が、俺とリギアという、かれらを守ってやっている者たちとはなれて勝手に行動し、逃げ出すとは考えにくい。どうやらなにものかがかれらを拉致したのだと俺は考えた。だがフロリーとスーティのことを知っているのは、おぬしら光団のものたちだけだ、アストリアスどの。そうだろう」

「…………?」

「ガウシュの村のものたちはよしんばフロリーとスーティの存在は知っていたところで、フロリーとイシュトヴァーンの関係だの、そのあいだから生まれたスーティが中原の政治や国際情勢にどのような影響力をもつ存在かなどということは知らぬ。——こういっては失礼ながらおぬしもきのう俺がいろいろ話をするまで、トーラスの情勢などについてもあまり詳しくは知らなかったようだ。だが、もしも中原の情勢についてよく知っている人間がいれば、フロリーとスーティにははかり知れぬ値打ちがあるし——また、マリウスのことももしも知っていれば、かれにもまた——これは一応むしろかれの安全のためにこれ以上はいわぬが、かれにもそれなりに値打ちがある。——まあ俺としては、まだそこまで証拠をつかんだわけではないのにそのようなことを決めつけるのは大変失礼かとは思うが、しかし、きのういったことは真実だと俺は信じている。俺がおぬしに言った話、つまり、ユエルスたちはおそらくゴーラの密偵だ、おぬしら光団の動静をさぐるべくイシュトヴァーンからここへ送り込まれてきた、イシュトヴァーンの手の者だ、ということだな」

「うううう……」

「ゴーラの密偵にとっては、イシュトヴァーンのもうひとりの息子がいた、などということを聞いたら——これほど大きな知らせというか、収穫はない。それは、当面光団の見張りをするという任務をあとまわしにしてさえ、その話をイシュトヴァーン当人の耳にいれなくてはならぬ、と思うのではないか？　まして、おぬしはかれらを人質にとってイシュトヴァーンへの切り札としようとももくろんでいた。それを知れば、ゴーラの間者なら——とりあえずかれらの身柄をおさえ、おぬしの目から隠し、おそらくはゴーラなりトーラスに連れ戻ろうと思うのではないかと思うのだが……」

「な——何だと。何だと」

アストリアスは叫ぶばかりで、あまりにも意想外の展開に戸惑っているようにみえる。

「フロリーが戻りたいと思っているのなら別だ——だが、フロリーは、スーティがそのような中原の政治や陰謀の渦に巻き込まれることを望んでいない。もうひとつ、俺には

——俺にはどうあっても、俺の義兄をイシュトヴァーンの手中におさえられては困るいわれがある」

「ま、待て」

ようやく、アストリアスが、多少知能が働いてきたようにびっくりした声になった。

「待て。……おぬし、そういえばきのうも……《俺の義兄》？　おぬしの妻の姉の夫？だ、だが——おぬしは、いまやケイロニア王で——それは、つまり……おぬしの、妻である女性がケイロニア皇女で……ええええッ？」

「それについてはまたいずれゆっくりと説明するときもくるかもしれぬ。まあ、だがいずれにせよ、俺は、マリウスを守ってやらねばならぬのだ。マリウスをも、フロリーも、ましてスーティをもな」

グインは肩をすくめた。

「その守るというのは、かれらの命やからだの無事というだけではない。かれらが、なりたくないような状況にさせない、ということも含まれている。それゆえ、フロリーがイシュトヴァーンのもとにはまだ、あるいは決して戻りたくない、スーティを宮廷でみにくい陰謀のなかで育ってほしくないというのだったら……」

「団長殿！」

駆け戻ってきたのはホキだった。駆け通してきたらしく、首の赤い布が汗にぐっしょりと濡れそぼっている。馬もあらい呼吸をしている。

「大変であります。ユエルス一味はすでにわが光団の団中にはおりませんでした！」

「何だと」

「昨夜のうちからそういえばずっと姿が見えなかったと、比較的親しくしていたらしいものがいっておりました。そういえば、追跡に入ったあたりから、なんとなくユエルスたちの姿がなかったような気もする、と……かれらは、脱走してしまったようです！」

3

「なんだと」

アストリアスは怒鳴った。

「もう一度いってみろ、ホキ。なんといった」

「ユエルスたち五人はどうやら脱走してしまったもようであります、団長殿」

「本当か。ちゃんと確認したのか」

「もちろんであります。団のなかにかれらの姿がなく、また、しばらく前から見たものがいなかった、ということも確かなようでありました」

「……………」

アストリアスはすごい息をもらして、胸に腕を組んだ。

「どうやら、俺の推論した通りだったようだな」

グインは、かたわらで恐しく真剣な顔でじっと聞き入っているリギアにうなづきかけた。

「というよりも、どう考えても、アストリアスどのがそのように手配したのでないかぎり、答えはただひとつのように思われた。もうひとつの可能性はなかったわけではない――なんらかの非常に力ある魔道師が介入してきた、という、だな。だがそれは俺には、いささか空想的に思われた。空想的、というよりも、もしもそうだとしたら、とっくにもうその魔道師からこんどは俺のほうに対してなんらかの接触があるのではないかという気がする。それがない以上、目的は俺ではない。だが、リギアがかれらを隠した小屋に俺とリギアが戻っていったところ、素朴なある種のワナが仕掛けられていて、気を付けなくては近づいた人間が胸に大穴をあけられてしまうところだった。もしも魔道師なり、俺を目当てにしている者がかれらを誘拐したのだったら、俺をおびきよせるためにむしろ、どこにかれらがいる、という情報をわかるように残しておいて、まかりまちがっても俺を殺そうとするワナなどは仕掛けぬだろう。――だが、また、追ってくるものを恐れていなかったら、手間をかけてそのようなワナなど仕掛けるかわりにどんどん拉致したものたちを連れて遠くへゆこうとするだろう。追ってこられるのを恐れている――追ってくるものがいて、それが誰であるかを知っているものだけがあのようなワナを仕掛けるだろう。万一にもそれにひっかかって、死なぬまでも手傷でも負うてくれればよいと期待してな。――そして、俺がフロリーとスーティたちの保護者としてここにいることを知っているものこそ、おぬしらだけだ。他のものたちとは俺は、フロリーたちと知り合ってからこっちはまったく接触しておらぬからな」

「ウ、ム、ム……」

「まあこれはべつだん、推論というほどの根拠を必要とするほどの事態でもない。ただ単に引き算をしてゆくとその可能性が一番高いというだけのことだ。——で、アストリアスどの。俺のたのみをきき、俺に力を貸してもらえるだろうか。俺はフロリーとスーティと、そしてマリウスを取り戻さなくてはならぬ。かれらがゴーラの間者であったとするとかれらはフロリーたちを連れて、まっすぐトーラスか、あるいはむしろイシュタールにむかうはずだ。イシュトヴァーン軍の軍中に、かれらが入ってしまうといかな俺といえども相当に厄介なことになる。——そうなる前になんとか取り戻したい。だがこちらは騎馬一騎と俺一人——おぬしらの団のものたちの力をかりてよければ随分と助かる」

「そ、それは……」

アストリアスは心を決めかねるように左右を見比べた。グインのことばに心は動かされたが、まだ信じてよいかどうか迷っているふうにみえる。

それを見て、グインは思いきって最後の切り札を投入する決意をかためた。

「むろん、ただおぬしの力を貸してくれとは云わぬ。俺もケイロニア王だ。——これはむろん、国家としての総意をはかっての上のことでもなければ、俺の義父たるケイロニア皇帝アキレウスの許しを得てのことでもない、それは断っておかねばならぬ。だが俺に出来る権限の範囲においてーーおぬしがいま、俺に力を貸してくれれば、おぬしはケイロニア王に多大の貸しを作ることになるのだ。それは当然、ケイロニア王からも多大のむくいを受け取る、ということを意味するとは思わぬか。ーー金銭的なものという意味ではない。むしろそれよりもはるかに重大なーーおぬしがいま欲しているのは、うしろだて、とは云わぬまでも、もとモンゴールの赤騎士隊長、アストリアス子爵こと《風の騎士》率いる光の女神騎士団を公けに認められた反ゴーラ勢力のいっぽうの旗手として認めてくれる、力のある背景だろう。ーーケイロニア王では、その任には不足だと思うか？」

「ま、待て……それは、どういうことだ。どういう……」

アストリアスはいくぶんうろたえたように両手を激しく握りしめた。

「おぬしは何をいいたいのだ。グインーーいや、グインどの……それはつまり」

「おぬしがいま俺に手を貸してくれれば、光の騎士団の団長、《風の騎士》アストリアスどのはケイロニア王グインという強力な味方を得る、ということだ」

グインは云った。アストリアスがいささか呆然としたようにグインを見た。

「だが、俺は……ゴーラを打倒するために……それでよいのか？　貴殿は……イシュトヴァーンとは因縁あさからぬ……かつてはノスフェラスにおいてはともに戦い……盟友として……」

「だが、いま現在は、俺は彼の虜囚としてルードの森にあった、そこから逃れてきた身の上であり、そして、彼の手先が奪った俺の身内を取り戻そうとしている——彼の敵だ」

一瞬——

そう言い切ることを、グインは、ごくわずかにだが躊躇した。

だが、その躊躇は、目ざといリギアにさえ、そうとは見てとられぬほどのわずかなものでしかなかった。事情を知らぬアストリアスなどには、ましてや、まったくそのようなグインのためらいを見抜くことは出来なかっただろう。

「グインどの……」

「そう——いま、俺は……彼の敵だ」

再び——

今度は、おのれに言い聞かせるように強く、グインは言い切った。

「彼はハラスの一味を女子供にいたるまであのようなむごいかたちで惨殺した……もしも俺が彼を負傷させていなければ、おそらく俺の盟友もろとも、俺もまたかれにとらわれ、イシュタールに拉致されていたに違いない。——かつてどのようなかかわりがあったかは知らぬ。だが、たとえどのようなかかわりがあったにせよ、いまの俺は……イシユトヴァーンの敵」

「おお！」

アストリアスの目が燃え上がった。

「グインどの。ならば何の問題があろう。貴殿がイシュトヴァーンの敵であるからには、ただいま現在より俺は貴殿の最大の盟友だ。これこのとおり」

アストリアスが手をさしのべた。グインはトパーズ色の目にほんのわずか微妙なくるめきを浮かべながら、その手をとった。

「よかろう」

グインは云った。

「それでは協定は結ばれたとみなしてよいだろうな。光の女神騎士団の《風の騎士》アストリアスどのと、ケイロニア王グイン個人とのあいだには、当面のともにイシュトヴァーン軍を敵として戦うため力をあわせる、という協定が結ばれた、と。――それでよろしいか」

「むろんだ。グイン殿」

アストリアスは熱狂的な感激にうつりながら、仮面の中の目を輝かせた。

「過去の因縁への怨讐はすべて消えた。これからは、俺の親友としての忠誠はすべて貴殿のものだ、ケイロニア王グイン殿」

「それは嬉しい。では早速だが、人数を少し出してもらって、ただちにユエルス一味のあとを追いたいのだが」

「この騎士団の全力をあげて」

アストリアスは力強く云った。

「ホキ。ランズ。隊長たちを集めろ。ただちに我々は裏切り者ユエルス一味の追撃にうつる」

「かしこまりました」

「すまぬが、俺にも馬を一頭もらえぬか。俺はこのとおり重いので、あまり普通の大きさの馬だとすぐにつぶしてしまって気の毒なのだが」

「幸いあの村でかなりの数の控えの馬を召し上げてある」

アストリアスは云った。

「三頭ばかり、グイン殿の用にたてるようまわそう。それを、かわるがわる乗っていれば、いかに馬の負担が大きいといっても、なんとかなるだろう」

「すまぬな。そしてこれからの行動についてだが、どうだろう。かれらがイシュトヴァーン軍の勢力範囲に一刻も早く飛び込みたいと思ったとき、かれらはどこを目指すのが当然だと考えるだろうか。トーラスか、それとも旧ユラニア領か」

「それは……おい、タウロス、お前から豹頭王陛下にお答えしろ」

「かしこまりました。――それがしの考えでは、トーラスに戻るのはたいへんに困難の多い山越えの道になりますので、少人数の上人質の女子供を連れたものたちには無理です。その上に、いま、トーラスは必ずしもゴーラ軍が安全な場所ではありません。トーラスでも、またモンゴール南部でも、反ゴーラ勢力の台頭は危険なまでに強まっていると聞き及んでおります。トーラスにむかうあいだにずいぶんと距離もある上、そのあいだでゴーラ軍の手先と知られれば、少人数であればあるほど、反イシュトヴァーン勢力の一味におさえられたり、あやぶまれて追跡されたりする可能性が相当高いのではないでしょうか」

「俺もそう思う」

ゆっくりとグインは云った。

「ということはトーラス道という可能性はあまり考えなくてもいいということだ。すると、とる道は二つ、ボルボロスにむけて下るか、わき道をぬけてタスにむかうかということだな」

「むろん、いったんボルボロスの砦に入ってそれからタスにあらためて、砦におかれているゴーラ軍の手兵の力をかりて護衛してもらいつつ向かい直し、そこからガンビア、ミシア、イシュタールと北北西に向かってゆく、という可能性も考えられます」

「だがいずれにせよかなり遠い旅になる。直接むかうということはなさそうだな。ふむ、これがはずれればそれは俺の考え間違いというものだが、まず、俺は、かれらはボルボロスの砦を目指すと読んだ。どうだろう、アストリアスどの」

「俺もそう思う」

重々しくアストリアスは答えた。

「ボルボロスにはいま、ゴーラ軍はおよそ一千人の手勢をおいて国境の固めとしている。――手近にゴーラ軍の勢力範囲にとりあえず飛び込むには、やはりボルボロス砦が一番いいだろう」

「ではボルボロス砦に向かおう。だがとりあえず、タス街道にも斥候を出し、このような一行がそちらからゴーラに入っていないかを確認し、同時にトーラスへも、様子を見る斥候を出したいのだが、よろしいだろうか」

「ただちにそのように手配させよう」

「ボルボロスの砦に入られてしまえば、面倒なことになる。できればボルボロスの砦に入ってしまう前にかれらをおさえ、人質を取り返したい。――では、ただちに動き始めていただいてよろしいか」

「まかせていただきたい。俺はただちに先に本隊へもどってことのしだいを話して兵をわけ、トーラスの斥候とタスへの斥候を指示するので、そのあいだに俺の本隊に合流し、馬を選んでいてくれ」

アストリアスは馬に飛び乗った。

「半分だけついてこい。のこりのものたちは豹頭王陛下たちを護衛してあとから本隊に合流しろ」

「かしこまりました！」

ただちに、騎士たちが動き出す。さすがにモンゴールのもと職業軍人たちのよせあつめらしく、機敏な動きだ。またふたたび、赤い街道を行き戻りすることになったと、苦笑をもらして、グインは近づいてきた騎士が提供してくれた馬を受けた。すでにアストリアスと数騎の騎士たちが先に、街道のレンガをけたてて本隊さして走ってゆく。そのすがたがあっという間に山あいをまいているゆるやかな坂道の彼方に消える。

「陛下」

リギアが心配そうにつとグインのそばに寄り、そっとささやいた。

「よろしかったんですか。あのようなお約束をなさって」

「約束？」

「ケイロニア王が、光の騎士団を認められ、そのうしろだてとして力を貸される、という……」

「何かを得たければ何かを支払うほかはない」

グインは短く答えた。

「ましていまの俺には、口先だけであれやこれやと術策をめぐらすほどには、ものごとの事情はわかっておらぬ。それゆえ、これは術策でも何でもなく、俺が個人として――ケイロニア王個人として光団と協定を結んだということだ。それに……マリウスからきいただけの話でしかないが、ケイロニアはずっと長年、他国の内政不干渉の主義を貫いてきている、決して一切他国の内乱には介入しないという方針であるということだが――ケイロニア国としてではなく、たまたま俺個人が介入するのならば、それは場合によってはやむをえぬこともあろう。――それにともかく、フロリーとスーティはまだしもマリウスは、ケイロニアにとってはかなり重大な立場にある人間だ。それを救出することは俺の立場からいっても当然の急務だろう」

「それは……パロの聖騎士伯にとっても当然の急務なんですけれどもね」

馬をならべてかなり早く歩かせながら、リギアはそっと苦笑した。

「そう考えるとディーンさ……あのかたもずいぶんと注目をあびる立場においでになるものですわ。でもあのかたを見ているかぎりではなかなかそのことは実感として思えないから、ついつい、思い出すと驚いてしまいます。――あのかたは、いま、中原でも有数の重大な立場にある存在なんですのね」

「だがそのことはアストリアスたちには知られてはならぬことでもある」

低くグインは早口に囁いた。

「俺の義兄であるとはどういうことか、そのくらいは逆にまあアストリアスのように中心からはなれているものに知られたところでさしさわりはないが、むしろ、彼の本当の生まれ故郷だの、そこでの立場だの、そちらのほうが、知られたくないものだと思う。ともあれ、まずはアストリアスの力をかりてなんとかしてかれら三人を救出し、すべてはそれからだ。——フロリーとスーティの存在がゴーラに、いや、中原に知られてしまえばかれらにもこのさきの一生、安息はありえなくなる。そうはさせぬ」

「……………」

リギアはどうするつもりかと、一瞬気になってグインを見つめた。だがグインはそれきり何もいわなかった。ただ、グインのトパーズ色の目は何か得体の知れぬ決意の色をみせて、きらりと光ったようだった。

そのまま、かれらがアストリアスの本隊に合流するころには、アストリアスはまことに手早く物事を運んだらしく、すでに二方向への斥候たちの小隊一つづつがそれぞれ進発しており、そして本隊は、グインたちの到着を待っていた。その意味では、確かによく鍛えられた小部隊ではあったのだ。大半がモンゴールの軍人の残党たちである光の女神騎士団のものたちは、内心、世界に名だたる豹頭王グインと戦わずにすみ、味方となったことをこの上もなくほっとし、喜んでいるようすであった。それも無理からぬことであった――おそらくは、いまグインと正面きって戦いたいなどと望むようなものは世界中にまずいはしなかっただろう。かれらは歓呼の声でグインを迎え、グインに仲間を切り伏せられたうらみなど、おくびにも出そうとしなかった。

そのままただちにこんどはグインとリギアとをともなって、光騎士団はボルボロス街道めざして動き出した。長い隊列がかなりの速度で古びた見捨てられた赤い街道を下り出す。時ならぬその進軍を見咎めるものはどこにもおらず、山中を続いてゆくその街道はほかに通りがかるものとてもなくしんとしずまりかえっていた。

グインもアストリアスのことばどおり、ガウシュの村から徴発した馬三頭をあてがわれて、リギアともども馬上となってこの隊列に続いた。先に送り出された斥候が、戻ってきて告げる報告はしかし、あまりかんばしくないものばかりだった。それらしいもののすがたはまったく見えぬ――という。

このような山中のことであるから、あたりで農地の耕作にはげむ農民のすがたなどもあるわけではない。木こりや猟師にゆきあうこともほとんどない。これで正しいのだ、という確信を持たぬままに進んでゆくのは、かなり不安なものであったが、もうほかにどうするすべとてもなかった。

（もしも、ユエルスが――俺程度に悪知恵の働く男であったとすれば……俺なら、このていどのことは当然見越して、誰でも予想がつくようなボルボロス砦への直行は避けるかもしれぬのだが……)

(かえって俺であったらいったん反対側へむかい、それから回り道をしてゆっくりとボルボロスへなり向かうに違いないのだが……まして女のフロリーと幼いスーティ、たぶんにぎやかに騒ぎ立てるであろうマリウスを連れている。山中ではまだいいが、人通りのあるところにきたら、縛って馬にのせて連れて歩くわけにもゆくまい——いかにも、拉致してきましたといわぬばかりのそのようすでは目立ちすぎる。となれば、馬車を仕立てて他のものから見えぬようにしたり、あるいはもっと大勢の仲間をまず呼び寄せてそれらの力をかりて動くほかないのではないかと思うが)

(もっともユエルスという男がごくあたりまえの頭の持ち主ならそんな警戒もせずに、一刻もはやくとにかくゴーラ軍と合流しようとボルボロスを目指すだろうが……その可能性もむろん高い。ボルボロスの砦に入られてしまうと厄介なことになる……)

(砦を守るゴーラの手兵は一千人だとさきほどの男がいった。——アストリアスの手勢はちゃんと確認してはおらぬが三百五十騎ほど、俺がいたところで勝負にはならぬし……そこまでアストリアスに借りを作る気は俺にはない——俺はただ、マリウスたちの行方を探し出すまでの人海戦術として、光の騎士団の人数を借りたいだけの話だ……)

(むしろ、身軽に動けるには、俺とリギアだけのほうがいいくらいだ。だが、それも、フロリーたちがボルボロスの砦の奥深くにとじこめられてしまうということになるとまた難しくなる。また、同時にユエルスは当然イシュトヴァーンあてに報告の使者を出すだろうし、そうなれば、イシュトヴァーンからまたあらての軍勢が送られてきたりすると……いよいよことがややこしくなる）

（出来ることなら、なんとかして……ボルボロスの砦に入ってしまう前に、フロリーたちをとりかえさなくてはならぬのだが……）

グインの思案ははてしもなかった。

ひたひたとかれらは山はだをめぐる道をすすみ、ほとんど休みもとらずに山を下り、次の山道に入って、ひたすらボルボロス街道の本道へと合流を目指していた。リギアが確かめてきた街道の分かれ道にようやく到着すると、アストリアスは「ボルボロス！」と高々とムチをかかげて指図し、光の騎士団は迷うことなく、ボルボロス道に入った。

それはほかの二本よりも広くなっており、そして、そちらに入ってほどなく、山々はいくぶんひらけてきて、ゆるやかな丘陵となり、その向こうに小さな光る川らしいものや、緑の平野、そして集落の家々のとがった屋根もあらわれてきたのだ。まだ、山続きの道ではあったが、その彼方にはゆたかなユラニア平野がひろがり、そしてその南にはカムイ湖に流れ込む川が見えてくるはずだ。

やがて、街道の彼方にかなり幅の広い川が青くきらきらと光ながら見えてくるようになると、いくつかづつかたまっている家々の数も目立つようになり、そして山地はしだいになだらかになっていった。かれらは、ユラ山脈を抜けつつあったのだ。

それはまた、グインにとっては、あらたな難儀をも意味してはいた。

(やがて——否応なしに人里に出る……)

おのれの豹頭の異形が、どうやら、怪物として人目をひき、石を投げられ、おそれられるものではないらしい、ということは理解できはじめていたが、そのかわりに、それが、「ケイロニアの豹頭王グイン」という、きわめてはっきりとした意味をもつ存在である、ということも、グインにもようやく理解されはじめていた。

(俺は……まもなく本当の意味での人里にはじめて——俺にとってみればはじめて入る……)

(アストリアスにも、きいたふうな——まるで何もかも承知の上で云っているようなことを、マリウスからきいた知識をつづくりあわせてほざいたが、俺にはまだ本当は何ひとつわかってはおらぬ。——だがいつまでもそう云ってもおられぬ。ノスフェラスやルードの森のような人里はなれた辺境でばかり、身をひそめて生きてゆくならばともかく——俺はいずれは、どうあっても人里に戻ってゆかねばならぬ。——俺はすでにそこで生きていたのであるようだからだ。……とすれば、そのなかで、なんとか——俺が本当は何も覚えてはおらぬのだ、ということを……気取られぬように、そしてなんとかして記憶を取り戻そうとこころみながら——まるで一日、一日の一タルザン、一タルザンが綱渡りででもあるかのようにあやうく、ひとことひとことに気を遣いながら生きてゆくほかはない。——難儀なことだが、そうする以外には……ずっと山のなか、辺境、砂漠のノスフェラスのなかだけを歩きまわって生きてゆくわけには俺はゆかぬようだからな……)

(ケイロニアには、俺の妻……という女性も待っているのだという。また、その妻の父である義父、ケイロニア皇帝アキレウス・ケイロニウスはこよなくこの俺を息子として愛してくれ、俺の一刻も早い帰還をまちわびてくれているという……であればなおのこと、俺が記憶を失い、このような頼りないありさまになっているということを知られてはならぬと俺は思ったのだが——だが、いずれは、俺は……そこに戻らねばならぬ)

(そう、俺はケイロニアに戻らねばならぬ……だが、どうあっても、せめて半分でも、いや、一部でもいい……記憶を取り戻して戻りたい。でないと、俺は……ケイロニアに戻ってもずっと不安と恐怖と、その綱渡りの思いにさいなまれ続けながら生きてゆかねばならぬ。——その、手がかりとして、《リンダ》という名に俺が示すこの反応、それが何か方向を示してくれる気がして、ともかくもパロにおもむき、リンダ女王と会ってみようと思ったのだが……)

それとても、必ずグインの記憶を取り戻させてくれる、という保証があるわけではなかった。マリウスの名はあれほど強烈な反応をグインに引き起こしたが、親しみの感情

などだけは残っていたものの、マリウスと出会っても、グインの記憶は正常に復すること
とはなかったからだ。

（それでも、どんな小さな希望でも、すがってみないわけにはゆかぬ。――魔道師の口車にのるのは最悪だ。一刻もはやくおのれ自身と、それへの確信を取り戻すために、俺は早く……パロに赴かねば……）

グインの思案はさらにさらに赤い街道の上にはてしもなかった。

4

グインのひそかな苛立ちをよそに、なかなかユエルスたちの足取りはつかめなかった。そうこうするうちにもいよいよ道は人里に近くなって来ていた。

グインは取り敢えず大きなマントのフードですっぽりと頭をおおい、馬に乗っていたけれども、そのすがたがいかにも異様なものに人目をひくであろう、ということは察しがついた。それゆえ、グインは同じくいかにもいわくありげに顔を布で包んでいるリギアもろとも、光団の騎士たちのなかほどに身をひそめるようにして進んでいた。アストリアスの銀色の仮面も不気味といえば不気味だが、それはまだ、ちょっとかわったかぶとをつけた傭兵、といえばそれまでのことでもある。

だが、アストリアスたち自身も、人里をおおっぴらにかけまわることはできぬ立場であった。そもそもが、このあたりはむしろトーラスに近いあたりよりもはっきりとしたゴーラの勢力圏内であり、まだそれほどでもないものの、ゴーラの兵士らしいものの通り過ぎるすがたも、彼方に散見するようにはなっていたのだ。そのような通過してゆく斥候か早馬のゴーラ兵らしい姿が二、三回続いたのが見られたあと、アストリアスはおのれの手兵たちの進軍をとめて、かれらを一個所にあつめた。

「これから先はあまり集団で動くとあやしまれる」

アストリアスは隊長たちを集めて申し渡した。このような経過になるのには、みな馴れているのだろう。驚くようすもなく、アストリアスの指図を聞いている。

「小さな部隊にわかれ、しるしの赤い布は隠し、三々五々傭兵を装って進軍を続けよ。俺は本隊として百騎をひきい、ボルボロスの砦に職を求めてゆく傭兵隊をよそおってさらにボルボロス街道を進行する。お前たちは少人数でユエルスたちの足取りを探しつつボルボロスに近づけ、ただし無警戒に町中にも砦にも近づきすぎるな。いったん、ボルボロス砦に入る手前にさいごのユラ山地の小さな山、小犬山と呼ばれている山があるのは知っていよう。その山の峠道の手前にある小さな泉を最終集合地とする。俺はそちらに本隊をとめてお前たちの報告をグインどのと待つ。お前たちはなるべく小さな部隊にわかれ、ボルボロスに入っても大丈夫そうならボルボロスの砦周辺の聞き込みをしてユエルスの行方を探れ。何か情報がありしだい、小犬山の本隊へ戻って報告せよ」

「かしこまりました」

「くれぐれも光団の存在に気取られぬよう気を付けよ。万一あやぶまれ、きびしく誰何されたら、いつもの指示どおりの答えをすればよい。——万一にも仲間に被害をおよぼしそうなときにはためらわず剣を抜いてかまわぬが、そのかわり相手は完全に皆殺しにして我々の存在が知られぬようにし、そしてそのあとまっすぐに本隊へ合流することなく、いったん追手をまいてほとぼりをさませ。――ボルボロス砦の守護のゴーラ軍には極力、このような団が動いていること、それがボルボロス近辺にいることを知られたくない。隠密行動に徹するよう気を付けるのだ。いいな」

「かしこまりました」

それぞれに、指令をうけて騎士たちが少人数にわかれて進発してしまうと、アストリアスはグインとリギア、それに本隊の百騎を連れてふたたび山中に入っていった。道はこのあたりになると、川沿いの本街道と、そしてもっと山深い旧街道にわかれていたのだ。部下たちが広い、日中ひとの往来のたえぬ本街道にむかってゆくのを見送り、アストリアスはグインたちをうながして、また山地のなかをぬける旧街道に入っていった。このあたりはどうやらアストリアスがおのれの地盤にしているさいごのぎりぎりの範囲であるらしかった。

「もうこの先にゆけばゴーラ領内だ、グインどの」

またふたたび、あまり人影や人家をみることもない山あいにもどってほっとしたのは、グインだけではないらしかった。

「もうちょっと人数が集まるまでは、極力ゴーラ軍に我々の存在を知られたくない。だが、モンゴールの残党たちにはなんとしてでもこのような騎士団が出来ていると知ってほしい。そして、なんとかしてせめて手兵一千騎をこえたいという悲願をもって、ずっとモンゴール西部を中心に勢力を拡大しようとしてきたのだが」

アストリアスはかなりグインに心を許してきたようすで、苦笑をもらした。

「残念ながらモンゴール西部は、山地が多く、またとても地勢がけわしいので身を隠すに安全である分、その分開拓民も少なく、また都市や町も少なく、人口が極度に少なくてな。——食糧の調達や、あらたな使役兵、またあらたな参加者をつのるのもなかなか思うにまかせぬ。——といって、少ない人数でトーラス近辺に出て一気に旗挙げするにも、もし万一思った人数が集まらなかった場合には自殺行為だ。——そのへんのかねあいが難しく、ずっともどかしく苛立ちをこらえながら潜伏してきた。そのハラスどののことは知らなかったが、もしも合流できるのだったら何よりなのだが」

「フロリーたちを取り戻したら、ハラスを救出にトーラスに向かわれてはどうだ、アストリアスどの」

グインはなかなかはかばかしく求める消息が得られぬことに、ひそかにつのってくるもどかしさと焦りをこらえながらすすめた。

「いまはイシュトヴァーン王も負傷して帰国しているはず、いまならばトーラスも多少は警備が手薄になっているのではないかな。むろんこれは、俺がイシュトヴァーン軍から脱出して以来の情報は含まれておらぬから、その後の展開はわからぬが、しかしイシュトヴァーンがまだ負傷してからいくばくもない状態であることだけは確かだ。――旗挙げを公にするなら、いまが最大の好機だろうと思うが」

「ウム……いよいよ、そのときがきた、ということだな。かたじけない」

アストリアスはひそかな武者震いを禁じ得ないようであった。

だが、なかなか求める情報は入ってこなかった。アストリアスの手兵たちは懸命にあちこちを捜索してくれるようであったが、ボルボロス街道に網をはっていても、それらしい一行が通り過ぎた、という報告がこない。

その一夜は、アストリアスの本隊は小犬山の泉のほとりに野営し、ひたすら手がかりを待つだけであったが、求めていた手がかりが――というより、手がかりの手がかりがようやくもたらされたのは、グインとリギアにとっては苛立たしくもどかしい一夜がようやく過ぎたその翌朝のことであった。

「団長殿！」
四、五人で傭兵部隊をよそおってボルボロスにまで入り込んできたらしい、光の騎士団の騎士たちが、戻ってきてようやく進展を告げたのだ。
「どうやら、間違いないようです。ユエルス一味と思われる一味を、ボルボロスの砦外の市場のあたりで見かけたものがいます」

「ボルボロスの市場だと？　もうそんなところまできていたか」

「一味、というよりも、ユエルスらしき男が、一騎でボルボロスの城外市場で食糧を買い、また戻っていった、ということを、市場の果物売りの老婆がいったのですが……人相風体からして、たぶんユエルスに間違いないと思いますし、かなりたくさんの食糧を一騎で買い込み、その上に子供用にといって菓子や子供の好きそうなおもちゃなどを妙にたくさん買っていったのが、風体といかにも不似合いだったので覚えていたと婆さんがいっていたので、間違いないと思います。が、たぶん、人質たちを連れているとはかどらず、食糧がなくなってきてしまったので、ユエルスだけが先乗りして食糧を調達しにボルボロスへきたのではないでしょうか」

「ということは、もう、ボルボロスの周辺まではきている、ということだな？」

「と、思いますが」

「どうしよう、グインどの」

アストリアスは興奮しながら振り返った。グインは考えこんだ。

「ボルボロスといっても広いだろう。——が、ボルボロス砦に入られてしまうのを阻止するなら、いましかないということのようだな。……よし、アストリアスどの、もう少少のあいだ、お力を貸してもらえるか」

「むろん。こうなれば一蓮托生だ。俺はもう、豹頭王グインどのの盟友のつもりでいる。

ご遠慮は無用のことにねがいたい」

「そういっていただけると頼もしい。ボルボロス砦の周辺にはずいぶん広々と町がひろがっているのかな」

「さほどのことはございません」

情報をもたらした騎士が答えた。

「むしろ、町は、砦の外側にめぐらしてある城壁の内側にひろがっております。その城下の家々を含むボルボロス砦全体が、いざとなればいくつかの城門をしめればただちに守りの態勢、籠城の態勢に入れるようにと考えて作られておりますので、いったんボルボロスを抜ける者は城門でかならずひきとめられます。——我々は以前首領が入手された通行用の、職業探しの傭兵であるという鑑札を何枚か持っておりますので通れますが、それがないものは平時でも通行が出来ません。——そして、いったん事あればただちに城門がしめられ、その内側の、城壁ともうひとつ内側の、ボルボロスの砦そのものの城壁とのあいだにあるいくつかの門もしめられて通行止めになり、いっさいの砦内部への出入りが禁じられるようです。そのさい城下に住んでいるものたちも外部への出入りが出来なくなります」

「その、表側の城壁にある城門というのは、いくつある？」

「たしかそれはこういう国境地帯の通常の砦と同じ作りになっておりますから、四つか五つだと思います」

「そして内部の砦の門もそのくらいある、ということだな」

「砦についてはほかにいろいろと地下の抜け穴とかいろいろなものがあるようですが、それはむろん城内のものだけの秘密になっているようです。調べればあるていどはわかると思いますが時間がかかるだろうと思います」

「いまはそこまでは必要あるまい。ユエルスたちは外にいるのだからな」

グインは重々しく云った。

「では、ユエルスはまた必要な食糧を買うと城門の外に戻っていった、ということなのだな」

「ということのようです」

「だが、馬で往復できるくらいの距離まではきている。だが、そのあとを一気に詰めるほどは急げない状態か——それとも」

「それとも——？」

「ユエルスはもしかして、ボルボロス砦には入る気がないかもしれぬしな」

「ボルボロス砦に入らない？　どういうことだ、それは？　グイン殿」

「ボルボロスから兵をかりるかどうかは別にして、ボルボロスに足止めをされずにそのままタスのほうへ抜けて、ゴーラ領内に入るということを考えているかもしれぬということだ。つまり、直接になるべく早くイシュトヴァーンのもとにスーティとフロリーを連れてゆくようにと」

「だがこんな女子供連れではおそろしく時間がかかってしまうだろう。イシュタールは遠い」

「むろんそれはユエルスたちの事情がわからなくては何も云えんがな」

グインは考えた。そして云った。

「わかった。では、これだけ力を貸して欲しいのだが、ユエルスたちがまだ城門の外にいるとわかった以上、少し人数をなにげなくボルボロスのすべての城門の外側に伏せておいて、ユエルスの一行が砦に入るかどうかを確認してほしい。あとは俺がなんとかする。砦に入る前にうまく見つけだせればその場でなんとかして救出するし——それが困難になれば、いったん砦に入ってからでもなんとかして救出する。そのさいには、光団の力は借りぬ。光団はまだ、その存在をこのようなところで、国境警備隊相手に知られたくはあるまい。もうここまでで充分すぎるほどに、光団の恩恵をこうむっている。この先は俺一人——まありギアがいればそれはそれとしてだが、それで充分やれる。とりあえず、かれらが城門に通りかかるかどうか、そこまでを確認するための人数を貸してもらえれば充分だ」

「それでよろしいのか。グインどの」

「その上親切なおぬしに迷惑をかけるわけにもゆかぬさ」

グインは低く笑った。

「それに、隠密行動をとるには、かえって人数は少ないほうがいいだろう。ボルボロスの守護隊は一千騎だということだった。その守護隊あいてにいまことを引き起こして迷惑をかけたくはない」

「それはそうだが——だが、いずれ遅かれはやかれイシュトヴァーン相手には公然の敵として名乗りをあげるつもりでいる」

「だから、そのためには、一刻も早くトーラス近辺へ戻り、一日千秋の思いで待ち焦がれている旧モンゴールの残党たちをひとつにたばねて堂々の旗挙げをすることだ。それが、もっとも早く人数をおぬしのもとに集めることになろうし、また、そのためにはハラスも、またいま獄中にあるマルス伯爵もきわめて重要な同志となるだろう」

「そうだな！　ああ、もうまもなくだ。なんと長い忍耐と辛抱の積み重ねの日々だったことだろう！——だが、おぬしに出会えたのはある意味天の配剤かもしれぬ。それによって俺はこの山中で雌伏する日々を終わり、いよいよついに復讐の大望をかなえる待ちに待った日を迎えることになる」

アストリアスは手をさしのべ、かたくグインの手を握りしめた。

「そのためには俺はまだあまりにも何も力を貸してあげられておらぬような気がしてな

らぬのだが、だがおぬしがそれでいいというのなら、それを信じることにしよう。それでいいのだな、豹頭王どの」

「ああ、そのほうがいい。いま、あまりボルボロス砦を刺激すると、逆にそこから知らせがイシュトヴァーンにとび、ゴーラから増兵がきて、おぬしたちが山狩りで狩り出されるというようなことにもなるかもしれぬからな」

「それは困る。ことにいまは」

「だから、俺とたちもとをわかったらいますぐトーラスに向かうことだ。この前に云ったようにな」

「ああ……そうすることにしよう」

アストリアスは大きく銀色の仮面の頭をうなづかせた。

「それではただちに手兵をボルボロス砦の各城門の前に待ち伏せさせ、気付かれることなくユエルスたちの一味がやってくるかどうかを見張らせよう。それはここに知らせをもらうようにすればよいか？」

「いや。俺とリギアもさっそくボルボロスへ出掛ける。そして一番大きい城門の前で俺たちもその見張りに加わる。ユエルスたちの一味を発見したら、あるいはその一味の誰かを発見して追跡して、行方をつきとめたら、そこでもう光団は手をひいていただいてかまわぬ」

「わかった」

「俺は一番大きな城門を選んでその前にいるゆえ、その場所を、他の城門を見張るものたちにいって、もし他の城門で発見したら、俺のところまでただちに知らせてくれるように頼んでくれぬか。アストリアスどの」

「心得た」

「もし万一城門を通らずに、もう食糧も調達したということで、ボルボロスを迂回してゆくにせよ、たぶんその場合にも、よほど大きく迂回せぬことには、ボルボロスを通過する街道を通らぬわけにはゆかぬだろう？」

「それはそのとおりだと思います。一番大きい城門はたぶん東市門ですが、ボルボロス街道は東市門から西市門へと砦のなかを抜けて、そしてタス方向へとのびています。そこを通らないでタス街道へ出るとすると、大きくボルボロス砦をまわりこむことになりますが、その場合でもやはり北市門や南市門の前をぬける街道筋は通ることになります」

「俺とリギアではいかに見張ってもいちどきに二個所が限界だし、その場合にも知らせを飛ばすわけにもゆかぬ」

　グインはうなづいた。

「おぬしらがいてくれたおかげでずいぶんと助かったものだ。——礼を言わねばならぬ」

「なんの。こちらこそ、おぬしと知り合えてこれにまさる光栄はない」

「では早速俺達も出掛ける。もしかしたら、もうここでまみえることはないかもしれぬが、おぬしの野望の達成を祈っているぞ。アストリアスどの」

「かたじけない」

アストリアスは声をふるわせた。

「あのノスフェラスでの宿命的な戦いのあかつきには、このような日がやってくるとは思いもよらなんだ。――なかなかに人生とは思いもよらぬものだな、グイン殿。あのおりのノスフェラスでの邂逅がこのようなかたちで実を結ぼうとは。――そしてアムネリスさまはもはやこの世にいられぬ。……それを思うと、胸がやるせない思いで一杯になる。まだお若く、あのようにお美しかったのに……」

「そうだな」

微妙な声でグインはいった。グインにとっては、アムネリス、というその名は、名前として、知識としてきくばかりで、じっさいに遭遇したことの記憶はすでにグインのなかにはなかったのだが、それをけどられるわけにもゆかなかったのだ。

「そしてあの折りにおぬしが救い出したパロの双子たちもあのような数奇な運命をたどり、それぞれにパロの王となり女王となった。――考えてみればおどろくべきことだ。

そしておぬしもケイロニア王となった。――イシュトヴァーンもまたゴーラ王となっている。なんという運命のいたずらだろう。あのときノスフェラスにいたものたちの上に、そのようなヤーンのあやしい運命が輝いていたなどと、誰にわかっただろうか」

「そうだな。だが俺は時間が惜しい。もうゆく」

「あ、ああ。それでは、武運を祈る、グインどの。俺たちはあまり目立つ行動はとれぬ。本隊はまだ、おぬしらがこのあたりをはなれた、という報告をもらうまではこの小犬山に伏せて待っているので、もしも何か、我々に出来ることがあれば、ただちに――手近に俺の部下を見つけたら本隊に知らせてくれ、といってくれればそのまままかけつけられるように態勢を整えておこう。おおそうだ、おぬしはこれを知っているな」

アストリアスは首にまいていた赤い布を指さした。

「この布は光団にとっては、かつての赤騎士団の隊長だったこのアストリアスのはたじるしだ。これを一枚おぬしとリギアどのにあげておく。これをなにげなくどこかにつけていれば、相手は同じ布をとりだして顔をふいたりして、さりげなくおのれも光団の騎士であることを示すから、そうしたらそれを信頼して使者に使ってくれて大丈夫だ。そのようにも、全員に申し渡しておく」

「何から何までゆきとどいたことで、すまぬな」

グインは礼をいった。そして、アストリアスの渡した赤い布をうけとって、かくしにしまいこんだ。リギアもそうした。

「それでは俺はまず東市門を目指す。世話になった」

「武運を、グイン殿」

「おぬしもな、アストリアスどの。おぬしが一刻も早くトーラスで旗挙げ出来るよう、祈っている。それに、ハラスやマルス伯爵と合流し、巨大なモンゴール独立の流れを作れるようにな」

「かたじけない。それでは」

「では」

アストリアスのさしのべた手をもう一度、グインは無造作に握った。

そのまま、アストリアスのくれた馬三頭の一頭にまたがり、のこる二頭をうしろに手綱でひいて、小犬山をおりる道に入る。リギアがあとに続く。

途中まで、アストリアスの精鋭たち数人が護衛してくれたが、小犬山は低いとはいえれっきとした山で、そのなかでは誰にも会わなかった。このあたりでは街道が発達してきているから、もうわざわざこんな山のなかの旧道に入る必要はないのだ。

「それではわれわれもこれにて失礼いたします、豹頭王陛下」

「うむ、すまぬ」

「ご武運を、陛下」

旧モンゴールの軍人らしく折り目正しく礼をして、かれらもときたほうへ走り去る。

それを見届けるなり、グインは正直いささかこの社交的なやりとりにじりじりしていたので、リギアをふりむいた。

「すぐに東門にむかうが、こんなカラ馬をひいていては動きがとれん。だがフロリーとマリウスを助け出してくればこの馬はとても必要になる。このあたりではどのあたりにおいておけそうか、リギア」

「そうですねえ、この馬どもは軍馬ではなくてガウシュのごくふつうの農耕馬ですから、おとなしいですから……このままこのあたりで、餌を適当にはめる草地のあるところにつないでおいてやれば——そのかわり、誰かがきて見つけて連れて行ってしまう可能性もありますが、それはもうしかたないということで」

「だな」

グインはうなづいた。そして、小犬山のなかほどに、手頃な小さな池のほとりの草地を見つけ、そこの立木の枝に馬たちの手綱をかけてつなぐと、そのままにしておいて、あとはいっさんに山中の旧街道をボルボロスにむかってかけおりた。

目のまえにやがて、林と森のなかからそびえたつようにして、暗鬱な黒っぽいレンガでおおわれた、何層もの塔をもつ巨大な国境地帯の砦があらわれてきた。このあたりの砦特有の、大きく外へふくらんだ張り出し窓をもつ、三角形の屋根がついている塔がいくつもあちこちに林立している。物見の塔だけではなく、それらが司令部にもなれば、位の高い駐屯者たちのすまいにもなっているのだ。そして、その砦の周辺にへばりつくようにして家々が階段状に立ち並んでおり、その外側に城壁がそびえているのが、ここから見下ろすと上から眺められる。

「かなり大きな砦だな。これは」

「ボルボロスは砦としてはけっこう重要な場所にありますし……それに、年々人口がふえるので、建て増してもいるのでしょう。――あそこの塔のあたりはレンガの色が若いです」

「俺がこの頭をみせるとおおごとになる」

グインは苦々しげに云った。

「このさきは俺は口のきけぬ巡礼で通すゆえ、リギア、交渉ごとや口をきくことがあったら、みなおぬしに頼むことになるぞ。では行こう。ボルボロス砦へ」

第四話　ボルボロスの追跡

1

《風の騎士》アストリアス率いる光の女神騎士団の本隊とわかれ、旧街道からボルボロス街道へと出たグインとリギアとは、どちらもあまり――グインは決して、顔を知られたくなかったので、グインはマントの大きなフードに、リギアは顔にまきつけたスカーフに顔を隠して、馬をかって東側の城門に近づいていった。

どちらにせよ、鑑札を持っておらぬかれらには、城門をおもてだって堂々と通り抜けることはできぬ。それに、ボルボロス砦のなかに入る気はグインにはいずれにせよ、ない。

山岳地帯のはずれでまだ起伏の激しい、山あいにわずかばかり切り開かれた田畑のある街道を城門に近づいてみると、ボルボロス砦の城門の外側にも、小さな小屋がけがたくさんへばりつき、まるで犬の背にしがみつくだにのように、くっついているのが明らかになった。

　それらはただの小屋がけではなく、みな、そのへんで商売をしている屋台だの、それを持っているものたちの寝泊まりする小屋のようで、近づいてみるとなかなかの活気が感じられた。城門のなかには、また、もうちょっと大きな、ちゃんとレンガでつくられた家々が階段状につらなっているようだ。そのようすが大きくひらかれたままの城門の内側にのぞける。

(思ったより大きな砦だな)

　グインはマントのかげから、馬をよせてリギアにささやいた。

(駐在するゴーラ兵一千といったが——住民たちを入れれば人口はけっこうそれなりに万の単位にもゆきそうだ。あまり騒ぎは起こしたくないな)

(さようでございますね)

　リギアもささやきかえした。

　二人はいかにも、顔を隠して旅をするミロクの巡礼のようなふりをよそおい——もっともグインに関するかぎりは、こんな大きな巡礼がいるものかというものであったが——城門の外側に近づいていった。そこに、たぶん報告をもってきた斥候がいった市場だろう、いくつもの小屋が共同で屋根をかけて通路を作ってその両側に小さな店を出している、狭い横に長い市場街があった。

（にぎやかなものだな……）

グインはつぶやいた。考えてみれば、ノスフェラスで意識をとりもどし、そしておのれが記憶を失っていることを知り、そしてケス河をこえて、イシュトヴァーン軍とからみつつ辺境のルードの森を逃げ回り、それからはるかなユラ山脈のなかで炎に追われて――それからフロリーたちとの旅などがあったものの、つねに、ノスフェラスで目覚めて以来グインが歩いてきたのは、ほとんど人里とはいえぬ森のなか、砂漠の中、そしてひっそりとしずまりかえった山の中ばかりであった。ガウシュの村がもっともグインの見た人里に近いものであったが、それとても、わずか十五戸が身をよせあってひっそりと暮らしている、山あいのミロク教徒の自由開拓民たちの小さな小さな集落でしかないのだ。

都会、とはとうてい云えなかったにせよ、ボルボロスの砦外の市場のにぎわいは、グインには物珍しかった。かれらはいったん市場の外の馬つなぎに馬をつなぐと、マントのフードを深く傾けたまま――これはグインだけだったが――そのなかに少し歩き入ってみた。

レンガで共通の外壁を作った上に、板をならべた粗末な屋根をさしかけ、その中に小さなかこいをたてて、無数の、といいたいような物売りの屋台がそのなかに並んでいる。それは、下は地面のままで、そこにじかにむしろをしいて商品を並べているものもいた。それは、いまのグインの目にはたいそうなにぎわいに見えた——時間のせいかそれほど大勢の客も歩いていなかったので、かえってよけい、たくさんの物売りの屋台がにぎやかにみえ、そこに並んでいる商品が華やかにみえた。よくみれば、それはまったくなんということもない、むしろの袋にぎっしりと山になって積み上げられた何種類もの、赤だの黒だの緑だの白だのの豆、さまざまな穀物、名もわからぬような野菜、それに果物、干した果物、干した魚、干し肉、そういったものばかりだったのだが。

ここは海から遠いので、新鮮な海の魚などはまったく手に入らぬらしい。そのかわりに、かちかちに干された真っ黒な平たい魚だの、あやしげな色の長い、輪にまかれて縛られてつるされている魚だの、それにかちかちに乾燥した小魚がこれはむしろの袋のなかに詰め込まれている。そのとなりでちょっと高級そうにみえるのは香料を売っているらしい店だ。緑色のまるい果実が積み上げられているのはフロリーの得意のカンの実だろう。そのとなりのすっぱそうな黄色い小さい果実や、もっとずっと小さい指先ほどの赤い実もある。

生きたアヒルを足をくくって並べてある店もあるし、皮をむいて内臓を出してあぶったアヒルをこれも足はくくってあるが、さかさまにしてのきさきからたくさんつるしてある店もあった。はちみつを塗ってあぶったらしい皮つきのアヒルの肉がひどくうまそうだ。そこにたくさんの小ハエがたかってくるのを、店主の男がひっきりなしにはらいのけている。

グインには味の想像もつかない、まるいひらたいパンのようなものが積み上げられているかと思うと、そのとなりには肉団子を揚げては売っている店があって、突然油のにおいが漂ってくる。その隣にはこんどは何か乳のようなものをその場でわかして、何か好みの香料や味付けを加えてブリキのカップに入れて飲ませてくれる店がある。青い、えたいのしれぬわりと大きな果実に、むぎわらの吸い上げ棒のようなものを突き刺してその場で渡してすすするようすすめている店もあるし、串焼きの羊肉らしいものを焼いてもうもうと煙をたてている店もあった。

食べ物だけではない。日用品もこの市場ですべてそろうようで、鉢植えの野菜や花の苗を商っている店、苗木ばかり大きな箱に入れて並べている店、生きたアヒルのひよこをぎっしり箱に入れて売っている店、巨大なざるをたくさん並べている店、さっきからあちこちの店で使っている、豆や穀類をぎっしり盛り上げてあるむしろ、そのむしろ類を大小いろいろにくくって並べてあるむしろ屋、などまでもある。

そのとなりにあるちょっと目をひく店はどうやら、さきほど報告した者がいっていた、ユエルスがスーティのためだろうおもちゃを買い込んでいた、という子供のおもちゃ屋だろう。

こんな山中の小さな砦のことだから、たいしたろくなおもちゃがあるわけでもない。

どれもこれもそのへんの農民たちがひまなときに手作りしたと一見してわかる、素朴でかわいらしいものばかりだ。木を刻んで作ったものがほとんどだった。木の小さな犬。木の小さな鳥。竹とんぼ。笛。小さな太鼓のようなもの。木を刻んで作った小さなまがいものの刀。布の人形。

そうしたものがたいして多くもなく屋台の棚の上にならべてある。だがそこは人気の的になっていて、子供連れの、いかにも農民らしい客や、砦の軍人の家族か、と思われるちょっと品のいい身なりの家族連れ、また乳母かなにからしい子供を背負った女などがみな立ち止まってそこをみているので、そこだけ、人だかりが出来ていた。

陽だまりのところでは、老人たちがのんびりときせるをくゆらしながら、手製らしい椅子や机をいくつか並べて売っている。ひとつ売れれば見つけもの、売れようが売れまいがもうこの年齢になればたいした違いではない、というような悠揚迫らざるようすが、そのしわぶかい日に焼けた顔にはみえる。

かれらは丸い帽子をかぶり、毛皮をなめしてそのまま作ったらしい胴着を着て、何重にもかさねて上着を着ていた。女たちは先のとがった皮のクツをはき、祝日でもないので晴れ着を着ることもないのだろう。長いスカートを何枚もかさねた上にすそまである長い前掛けをかけているのは、どちらかといえばモンゴールの風俗らしい。男たちは左肩にそれぞれに長さの違うマントをはねあげ、チュニックの上から袖なしを着て、帽子をかぶっている。帽子のかたちがおのずと部族だの、出身地だの、職業だのをいろいろと明らかにしているようだ。だがそれはグインには見分けようがない。

少しゆくと食べ物屋が軒をつらねていた。屋台の前に小さな、それこそさっきの老人の店で売っていたような木製の背もたれのない椅子をいくつもおいて、そこにすわり、人々が膝にかかえこむようにして汚い椀で麺を食べている。肉の煮込んだものをかけた麦のかゆのようなものを食べているものもいる。ひらたいパンにいろいろなものをはさんで、辛そうな色のソースをかけてもらい、辛そうに眉をしかめて、だがうまそうに頬張っているものもいる。串焼きの羊肉はここでも売っていて、やはりもうもうと煙をたてて、店主が木の皮のうちわであおぎたてている。ときたまぱっと真っ赤な、いかにも辛そうな粉末の香料をふりかけると、辛そうなにおいのする煙があがる。

巨大なツボを前にだして、ひしゃくでくんで一杯いくらで飲ませている店。串焼きでも、鳥の肉を串焼きにしている店もあるし、燻製の鳥をむしって皿に山盛りにし、かたわらに御飯をそえて出しているところもある。ごたごたと何が入っているか知れたものではなさそうな煮込み。黄色が鮮やかな蒸しパンのような四角い菓子。硬そうな茶色の、砂糖衣のかかった大きな丸い焼き菓子。

地面にむしろ一枚しいて積み上げてあるパン屋の前にはひっきりなしにひとが立ち寄って枚数をいって受け取っており、店の奥からまたひっきりなしに焼きたてのひらたいパンが運ばれてきていた。腸詰めの屋台や焼き肉の屋台に、そのパンを持って立ち寄り、焼きたての腸詰めや焼き肉をはさんでもらって、サービスらしい辛そうなソースをたっぷりかけてほおばるのが、このあたりのものたちの好きな食事のようだ。巨大な鍋で焼いている鍋焼きそばのようなものもあれば、色のけばけばしい、おそろしく甘そうな極彩色の菓子を山のように積んである店先もある。

食べ物屋の集まっているあたりはいかにもにぎやかで、見ているだけでも心が浮き立ってくるようだった。ふくらんだスカートの上に手ざしの前掛けをし、髪の毛を三角のスカーフで包んだ女たち、その前掛けにつかまっている汚い子供たち、実直そうに日に灼けた男たちが、思い思いに好きなものを注文しては、そのあたりで立ったまま食べている。ボタボタと、まるごとかぶりついている巨大なウリの切り身から、うまそうな果汁が地べたにしたたる。

「にぎやかなものだな」

グインはそっとリギアに囁いた。

「そうですね、思ったよりひとが出ていますし、ものもございますね。でも、まあどうせボルボロスの田舎ですから」

リギアのほうはいっこうにそのていどの人出には心を動かされたようすもない。

「パロの、クリスタルの――アムブラの市場をご案内しとうございます。そこはもう、このような田舎の市場をごらんになりましたら、毎日大きなお祭り騒ぎが続いているのかと思われるほど、たいそうなにぎわいでございますよ」

「なのだろうな」

「売っているものもこんな田舎くさいものばかりではございません。有名なクムのレースだの——もちろん本当に高級なものは専門店にゆかなくては駄目ですけれども、まがいものは、アムブラでいくらも手に入ります。石畳がひろがっていて、食べ物の屋台も引き売りも抱え売りもひっきりなしに呼び声をあげていて——それはそれはにぎやかでございますよ」

「………」

生きたままのニワトリを籠につめこんで、いくつもの籠を持ち込んで売っている店もある。ぎゅうぎゅうとおしあいへしあいして詰め込まれたニワトリたちは、ケケーッ、ケケーッとたいへんな騒ぎをしている。そのとなりには、すでにしめてある山の鳥らしい大きな鳥がぐんなりとし、輝かしいヒスイ色の丸い目を開いたまま横たわっている。

生きたヒツジがつながれている店先もあったし、木綿なりにいろいろなにぎやかな色あいのスカーフばかり売る店や、衣料品が大きな籠のなかに山と積み上げられた古着屋、真新しい籠やクツや装身具を売っている店もあった。なかに何も売るものもなく、小さな机の前に、黒い長いフードつきの、グインのそれとよく似たマントをつけ、縄帯で腰をゆわえてうつむいた者が座っているのは、おそらくは魔道師が売卜《ばいぼく》をなりわいにしているところだろう。

あちらの広場のほうからは何やら多少の音楽めいたものもきこえてきて、そうした興行のようなことをやっているものもいるようだが、それはそれほど多くもなく、それよりも、値切りをかけあう客と店のもののやりとりだの、怒鳴り声だの、そのにぎわいのほうが、静寂に馴れたグインの耳をうわーんと打った。グインの目には、その小屋がけはどこまでもどこまでも、果てしないまでに城壁にそって続いているように見えた。

「こんなにたくさんあって、よく店がすべてやってゆけるものだな」

「そんなにたくさんございませんよ？　お国の首都のサイロンのにぎわいなどといったら、こんな……」

言いかけて、リギアはなんとなくショックをうけたように口をつぐんだ。はじめて、グインが、本当に記憶を失っているのだ、と理解できたような感じだった。

「それにここは城外市場でございますから、城内のほうがもっと賑やかだし、品物もあると思いますよ……今度は中までは私どもは入れませんけれどね、でもこのへんは辺境の町ですし、国境の砦を中心として開拓民たちが寄ってきてできた小さな町にすぎませんから……」

「……」

「何か、召し上がりますか？　びた銭で、何か買ってまいりましょうか」

「ふむ、だが、遊山にきているわけではないしな」

「でも、そろそろ御飯どきでございますよ。――お腹がおすきでしょう。リギアが見つくろって少し、お召し上がりやすいものでも買ってまいりますから、ちょっとその木陰でも――少し店からはなれたあたりで休んでいらしては。ここからでも、大門の前はよくみえますし」

「ああ、そうだな」

「実をいうとわたくし、ユエルスという男の顔はよくわかりませんし、その部下たちはなおのことです」

困ったようにそっとリギアはささやいた。

「ですから、見分ける役には、私、あんまりお役にたちませんですが……」

「俺も、それは――ちょっと見ただけだから、ことに万一服装のひとつもかえていたとしたら、もうユエルスという男が見分けがつくかどうかはまったくわからん。だが、それよりもなんとなくそわそわしている挙動のほうでわかるのではないかとあてにしているし、まあ、いずれにせよここをやつらが通りかかれば、光のほうのものたちが見分けてくれると思うが」

「とりあえず、腹ごしらえになるようなものを少し買ってまいりますね」

リギアはマリンカとグインの馬をあらためて、市場外の共同の馬つなぎから連れ出して、ちょっと市場からはなれた、だがひと目で見渡せるあたりの木の下枝につなぎ、徒歩でいそいでその屋台街のなかに入っていった。グインはちょっとはなれたところで馬の番をするようなようすでそのかたわらに立っていた。いまほんのちょっと市場街のなかを歩いただけでも、おのれがひどく目立つことはグインにはわかっていた。やはりなんといっても、からだが大きすぎるのだ。

このような狭苦しい通路の両側に店があるようなところを、歩いてゆくには、グインはあまりにも巨大であった。邪魔そうに眉をしかめたり、罵声をかけようとしたものも、だが、グインのその、あまりに雄渾な体格と、それをうっそりと不吉に包んでいる黒いマントとフードをみると、けおされるらしく、いそいで道をあける。そして、なにものだろうとあやぶむようにじっと首をまわして、グインが通り過ぎてしまっても見守っている。そのようすが、かなり、グインには気になっていた。

(これではまるで——注目してくれと頼みながら歩いているようなものだな……)

自分が、一介の旅行者として人里に入っていったら、さぞかし難儀するだろう、ということは、あらかじめ覚悟はついていたが、それにしても予想以上に自分が目立つのだということを、あらためて思い知らされた思いだ。また、あいにくと、これはグインにはわからぬことではあったが、このあたりは、モンゴールからユラニアにかけての勢力圏であった。タルーアンやケイロニアででもあればまだしも大柄な種族が多く、グインほどの体格でも珍しくはないが、このあたりでは、それは異様なほどに目立つ大きさになってしまう。

道ゆくものたちが目をむいてふりかえり、ひそひそと連れとささやきあい、指さしてこっそり何かいっている——という状況が、グインにはひどく気になっていた。これではまるでうわさの種をボルボロス砦じゅうにまきちらしながら歩きまわっているにひとしい。リギアにまかせて、ちょっと市場通りからはなれた、まだ森林地帯ははじまらないがちょっと人家もないあたりに避難して、ようやくグインはほっとした。だがそこからでもリギアのいうとおり門は見える。ひっきりなしに、ボルボロス砦の東大門には、にぎやかに馬で隊列をくんだ傭兵たち、正規のよろいかぶとをつけ、マントをつけ、槍をもった隊長を先頭にたてた砦の守護兵のゴーラ兵たち、そして城内で商いをすることを許されている商人たちの荷馬車や手押し車の群れが行き来していた。

伝令らしい、肩から布をたなびかせた一騎がすばやく人混みを縫いながら出てきてそのまま、はるかな東のトーラスのほうへと、赤い街道を駈け去ってゆく。みるみる、マントをなびかせた馬上のすがたが小さくなる。

同じく、こちらはずいぶんとほこりまみれで遠くからきたらしい伝令の早馬が、これはいっさんにまた城門のなかにかけこんでゆく。ちらりと手形をみせるだけで、それほど厳重にそこの大門では調べられぬらしい。

(あのていどの調べかたで通してくれるのであれば——むろん中の、本当の中側の城門ではもうちょっときびしくしらべもするのだろうが——にせの手形でもとおりそうだな。無理矢理にこの門を突破するなら、伝令に化けるのが一番よさそうだ——いずれにしても、俺には無理な話だが……)

グインはそんなことを考えていた。

のんびりと水売りが車に水のつぼをたくさんのせて重たそうにがらごろと城内に入ってゆく。同時に、これは飲ませるほうの水売りらしいのが、のどかな売り声をあげながら、肩から大きなつぼを一つだけかけて、「ホーイ。ホーイー」と決まりらしい特有の声をあげて城門のまわりをいつまでもゆきつもどりつしている。子供が泣く。ロバがいななく。

いくつもの車の上にぎっしりと荷を積み上げた隊商が城内を出てゆく。遠くからきて、商いをし、別のものを仕入れてさらに遠くにゆくのだろうか。

(にぎやかなものだ——そして、リギアは、この程度ではない——俺の国もとの首都のにぎわいなど、こんなものなど足元にも及ばぬものだ、というようなことをいった。——俺は、そんな大きな国の——王であったのか……)

ケイロニアの豹頭王グイン——

その名も、グインにとってはもうひとつ、実感もないままに名乗ってはいるが、いまだに、それが本当には「何」を意味しているのかがよくわからない。

人々にとってそれがとてもよく知られた名であり、地位であることはよくわかってきたが、それだけにいっそう、不安な感じがする。それほどに知られ、高名な位置にいるためには、あまりにも自分は何もわかっていないのだ。

「お待たせいたしました」

リギアがなにやら大きな包みのようなものをもって駆け戻ってきた。

「お腹がおすきになったでしょう。ずっとときのうから、例のパロの携行食しか召し上がっておられませんものね。まあ、まずは腹ごしらえをなさって下さい。腹がへってはなんとやらと申しますし」

馬たちをつないだ臨時の休憩所で、リギアは持ってきたつつみを手早くひろげた。そのつつみをあけると、中から、こまかく編んで中のもれないようにそのなかに巨大な丈夫な葉っぱを何枚かしいてある入れ物に詰めた、ぼろぼろした麦のいためたものの上にどろりととろみのある肉の煮込みをかけたもの、腸詰めと薄切りの燻製肉をたっぷりとはさみこんだ平たいパン、それにいくつかの果実と、小さな竹の筒に入れた飲み物、むしった燻製の鳥の肉を葉っぱにつつんだもの、などがあとからあとから出てきた。

「このさい、陛下には栄養をつけておいていただかないと」

リギアは笑った。

「あたしもですけれどね。さ、いただきましょう。足りなければまたすぐに買ってまいります。ここは少なくとも、安いし、量もあるし、すぐ買えるのがとりえです。やっぱり人里はそれなりによろしいところもございますね」

「まったくだな」

グインは云った。そして、じっさい相当に空腹でもあったので、遠慮なく、リギアの買ってきた食物を食べはじめた。

どれも、グインにとってははじめて口にするものばかりで、見覚えのあるものも、口にして覚えのある味もひとつもなかったが、それでいて、そんなに縁遠い感じのするものもなかった。たいした味でもないのだろうが、空腹のゆえか、できたてであるゆえか、それともこうした庶民の味こそが本当はもっともうまいのか、それらはいずれもすこぶるうまかった。中にいろいろなものをいれた卵をうす甘く焼いたものもあった。リギアはさいごに、食後の菓子にと果物をのせて焼いた焼き菓子までもならべた。

「これで、全部でたったの四十ターなんでございますよ。本当に、そういう意味じゃあ天国みたいなところですね。もっともこんな貧相な天国じゃあ、あたしはまっぴらだけれど」

リギアはこれまた旺盛に食欲を満たしながら笑った。

「まあ、さすがに、そのおからだだけのことはありでよく召し上がりますね。このくらいあったら、多すぎるくらいかと思っておりましたが、みんななくなってしまいそうです。もうちょっと買って参りましょうか」

「そこまですることはない。そんなに苦しいほど満腹になってしまっては動くのにもさしつかえよう。この程度でいまはかまわん。だがどれもなかなかうまいものだな、リギア」

「それはもうお国でとてもおいしいものばかり、上等の料理人の作る宮廷料理を召し上がって……でもないんでしたっけ」

リギアはまた困ったようにいった。

「どうしても、実感がなくて……なんだかこうしていても、そんな、記憶を失っていらっしゃるなどというなんのきざしもないんですもの。それに、おっしゃることでも、なさることでも……何でもわかっていらっしゃるとしか……」

「わかっていない、というわけではないのだがな」

「その、お菓子はもうお入り用ではないですか？　じゃあこれはリギアがいただきます。今回はこれでよろしいですけれど、次はいつまともな食べ物にありつけるかわかりませんから、もうちょっと何か携行できてお腹にたまる、焼き菓子か干し果物かなにか、市場で仕入れておこうかと思うのですが、どうでしょうね。そのひまはあるでしょうか」

リギアもなんとなく、市場のにぎわいのところにやってきて浮き浮きしているようにもみえる。

そのとき、グインは、はっとこうべをめぐらした。

2

「待て。リギア。あれは」

「おりましたか」

素早くリギアが反応した。さっと食べ物の残骸を片付け、ただちに立ち上がろうとする。それをグインは手で制した。

「待て。――いままだ動くな。いまちょうど……あの城門の手前にさしかかろうとしている二騎の騎馬があるだろう。なんとなく……ここからだからこまかな見分けはつかないが、少し……全体のようすに見覚えがある気がする」

「あの、黒い馬に乗ったのと、鹿毛《かげ》の……ですか」

「そうだ。ユエルスではない……ユエルスの部下たちのなかにああいう馬に乗っていたのがいるような気がするのだが……だが、格好は全然違うな」

傭兵のなりをしているには違いないが、肩からは、ゴーラ軍の軍章がなびいている。かぶとを深々とかぶっているから、ここからでは顔のようすがわからない。

二騎は馬をなだめながら東大門に入ってゆく。グインは身をおこした。

「リギア。ちょっと見てこい。あの二騎だ」

「了解」

リギアはするりとマリンカに飛び乗り、そのままマリンカをとばして城門に近づいてゆく。そして城門の前で馬からおりると、何か探し物があるようなふりをして、城門の前をうろつきはじめた。グインはじっと目を細めてこちらから見守っている。

そのときだった。

「ごめん」

声をかけられて、グインはきっとふりかえった。城門からは少しはなれているが、まだ周辺はボルボロス砦の入口にむかう街道筋だ。人通りはある。そこに、一人の騎士が馬をつれて立っていて、つと、手をひらいてみせた。手のなかに赤い布がひらめいた。

「ああ」

グインがうなづくと、男はつと身をよせてきて声を低めた。

「グイン陛下。光団の第三団第十一小隊、アレンであります。ただいま、ユエルスの一味のうち二名、ホルスとルイと名乗っていた二騎がボルボロスの城内へ入ってゆくのを確かめました」

「いまの鹿毛と、それから黒馬に乗った二騎だな？」

「そのとおりです。肩からゴーラ軍のしるしをつけておりました。そのまま城内へ入ったようです」

「俺も見た。すまぬ。これで、おぬしらの用はすんだ。解散して、アストリアスのもとに戻ってくれ」

「いえ」

アレンは首をふった。

「いましばらく、陛下になにか御用があるやもしれぬゆえ、陛下のおそばにいるようにと団長よりの御命令をうけたまわっております。――団長への早馬の使者などございましたら」

「いまはない。わかった。では少しはなれていてくれぬか。俺はどうもえらく目立つようなのだ。俺に近づいてくると、人々の注目をあびてしまう」

「かしこまりました」

アレンがすっと影のようにはなれてゆく。

グインは馬のくつわをとらえ、ゆるゆると城門のほうに歩き出した。リギアが城門のなかをのぞきこむようにしていたが、そのままマリンカにまた乗り、こちらにむかって戻ってくる。

「かれらは城内に入りました」

リギアがグインのところに戻ってきて報告した。グインはうなづいた。

「わかった。ではここでじっとしばらく待つ。――たぶんきゃつらの用件はボルボロスの砦での援軍の依頼や馬のかえの依頼だ。たぶん砦には寄らずにゆく気だろう、もしも砦に入るつもりなら、もう捕虜を連れてきたほうが一番安全だろうからな。ユエルスが先に食糧やおもちゃを買いに来たところをみると、どこかにかれらをおさえてあり、そしてたぶん馬車なり増兵なり頼んで、それで戻ってかれらを拾い上げてそのままタスへ向かう……つもりではないかと思う。本当は援軍が出てくる前に取り戻したかったが――仕方がない。少しあらごとになってもこのさいはやむを得ぬ」

グインは馬のかげになるべく巨体を隠すようにしながら、ボルボロス城門のほうへ歩いていった。

「なるべく目立たぬところで、かれらがまた出てくるのを待って――あとをつける。馬をかえられてしまったら一巻の終わりだが、なんとか鎧かぶとの特徴だの……あと、動きがあやしい一行が出てきた、というようなことで、なんとかして見分けてくれ。俺も懸命に見張っているが、リギアも頼む」

「かしこまりました」

リギアはあいかわらず、よけいなことは云わない。二人はなるべく人目にたたぬところで、城門の見晴らしのよさそうなところを探し、そこに馬をとめて、じっと城門を見張り続けた。あまり近くなりすぎれば城門まわりの、市場のものたちにもあやぶまれようし、といって遠くては見失ってしまう。そのへんのかねあいが難しい。

アレンはそのままどこかに消えていった。かれらは城門のなかに入れるので、どうやらもっと中のほうで見張るつもりのようだった。

かれらは見失ってはならないといくぶん緊張しつつ、見張りを続けた。待っている身には長い時間であった。そのあいだにも実にさまざまなものたちが、ボルボロス街道を通り過ぎて城門に入ってゆき、あるいは出てきて街道を通り過ぎてゆく。通りすがりにじろりと目をくれられるたびに、グインはさりげなく巨体を馬のかげに隠した。

どのくらいたったのか、もしかしたら二ザンはかるくたっていたかもしれぬ。突然リギアのするどい低い声で、はっとグインはおもてをあげた。

「出てきました。間違いないと思います。たぶん、あれです」

リギアが、指さして不審をまねかぬようにというのだろう、そっと顔だけで合図している。

城門をいままさに、市場街のあいだを抜けて出てくるのは、一台の、二頭だての馬車だった。

立派なものではないが頑丈そうな黒塗りの馬車で、御者が二人で二頭の馬を御している。御者というよりもどちらも明らかに軍人だ。そして、その前に確かに見覚えのある、鹿毛と黒毛の二頭の馬に乗った、傭兵のよろいをつけた二騎がいた。

馬車のうしろに、ちょっとはなれて、一個小隊、二十人ほどの騎士たちが続いていた。一見すると、ただ単に同じきっかけで城門を出てきた、連れでもなんでもない騎士たちのようにしか見えない。だが、グインのするどい目には、なんとなく、その馬車とその前の二騎、そしてうしろにつづく一個小隊が、同じ目的を持っているようなにおいがした。

そのときだった。ちらりと目の端に赤いものがみえた。ちょっとはなれた、少し高くなっている街道横の、砦に近づいてゆく石段の上で、見覚えのあるアレンが、赤い大きな布をなにげなく振っていた。グインが気付いたのを察するとアレンはなにげなく、大きくのびでもするようなふりをして、右手をのばし、まっすぐにその馬車のほうを指し示した。グインはうなづき、それから、ここからではわかりにくいか、と思って、かくしから赤い布をとりだしてなにげなく汗をふくようなふりをしてそれを振った。

アレンが自分の赤い布を引っ込めて、石段からおりた。グインは布をかくしにしまい、静かに馬のくつわをとった。

「尾けるぞ、リギア。だがかなり距離をとれ。かれらに、人質たちのところまで、案内してもらわねばならん」

「わかりました」

リギアが、口を隠しているスカーフをひきあげ、そしてマントのフードを頭の上にひきあげた。リギアもグインも二人ともマントのフードで頭を隠した格好になった。

「ミロクの巡礼に見えてくれればよいが」

グインは低く云った。そして、馬のくつわをとり、なるべくとぼとぼと見えるように背中をまるめながら、街道の上に戻っていった。目の前のかなり先のほうを、ユエルスの仲間の二騎と、そして黒塗りの馬車、それにそれにつづく小隊が進んでゆく。かなりの速度で先を急いでいる。こちらは、馬に乗らぬまま追跡しているのだから、たちまちあいだが開いた。だが、馬車があるし、当分は一本道だから、あまり見失う心配はなさそうだ。

二十騎の小隊は、そのまま馬車についてボルボロス街道を東に戻る方向にのった。ちょっと城門まわりをはなれると、もうそこまで警戒する必要はないと考えたのだろう。小隊は動きを早くして、馬車のすぐうしろについた。かつかつと軽快なひづめの音をたてて馬たちが移動してゆく。からからから——と、これはよく整備され、たくさんののが往来するのですりへっている赤レンガの上を、馬車のわだちが廻ってゆく。

「リギア。もう馬に乗ってよいぞ」

かなりあいだのひらいたところでグインは云って、馬をなだめながら自分も馬上の人となった。リギアもマリンカに飛び乗る。かなりの距離を維持しながら、ボルボロス街道を戻ってゆく。この街道を東へ西へといったりきたりするのももういったい何回目のことになったのか、わからなくなってしまいそうだ。

そのままひたひたと、かれらは追跡を続けた。気付かれぬよう、距離が近くなりすぎるとしばらくわざわざ馬をとめて休み、それからまた追いかける。グインの重さで馬がすぐ疲れるのでそれは丁度よかったが、グインの重みがあるとはいうものの、自由に動ける二騎と、馬車をつれた小隊とでは、速度にかなりの差がある。気を付けないと、あっという間に追いついてしまいそうで、その調整が難儀であった。しかも見失ってはならないのだ。

そのうちに少しづつ日がかげってきた。そんなに遠くに隠してあったのか、とグインが考えていたとき、馬車がとまった。

馬車の先にたっていた二騎が馬をとめて、うしろの小隊になにやら指示に戻ってから、また先頭にたって、本街道からそれて横にはいってゆく。グインは鋭い目で見やった。

「あの横道はかなり細そうだな、リギア」

「ええ、馬車が通れないのではないかといまもめているようです」

「この上近づくとまずいな。もうあまり人通りがこのへんはなくなっている。まるみえになってしまう――といって、あちらが突然立ち止まったのでこちらもそうして待っているのはもっと拙策だ。リギア、いったんこのまま通り過ぎろ」

「あ、はい」

「何食わぬ顔をして、このまま馬をかってゆき、かれらの小隊のうしろを通ってもなにげなく通り過ぎろ。そして、かれらが横道に入ってしまってこちらを見えなくなったらすぐに戻ってきて、馬をおき、横道に入っていってみろ。いや、そのころにはどうなっているかわからんな。戻ってきてあの連中が誰もいなかったら横道に気を付けて入ってゆけ。もしも兵が入れずにここで待っているようなら、また通り抜けて見えなくなってから馬をつないで俺を捜せ。俺は逆にここの近くに馬を伏せて、それで徒歩できゃつらのあとを追う。――どちらにせよもう横道に入れば偶然でおしとおすことはできん。みえかくれの追跡はここまでだ」

「はい」

「お前の馬を街道のどこかにつないでおいてくれればかっこうの目印になる。俺を見失ったら、いつでもいいからとにかくその馬のところに戻っていてくれ。俺もようすを確かめたらとにかく一度そこへ戻る」

「かしこまりました」

リギアはそのまま、何もなかったようにマリンカをかって、街道をゆったりとうたせてゆく。グインはちょっとあたりを見回して、馬を隠せる場所をさがし、街道からおりて、まばらな林のあいだに馬をつないだ。もう、ボルボロス砦からは二ザン近く歩いてきているが、それだけ歩いただけで、またあたりは人通りも少ないさびれた街道になってきている。

どうやら、馬車が通れる横幅が道にない、ということになったらしく、馬車が街道に戻っていった。そこにそのまま、御者たちがおりてきて、車どめをかませる。小隊の騎士たちも次々に馬をおり、街道横のわずかばかりの草地に馬をつないだ。最初の二騎のほかに、五、六人の騎士が、馬でそのまま横道に入っていった。

(やつらが、迎えにいったというわけだな)

グインは馬のいななきで気付かれぬよう、ちょっと遠めに馬をつないでおいたので、いそいでまたフードをおろしながら木立から木立へとあいだをくぐりぬけて、小隊に気付かれぬようかなり手前のほうから、林のなかに入り、身を低くしながら横道の見えるほうへと進んだ。

木々のあいだに見え隠れに、敵の騎馬が歩いてゆくのが見える。グインはかなりの距離をとったまま、横に、先にまわりこむようにして歩いていったが、やがてはっと身をふせた。

(あんなところに……)

先にかすかな馬のいななきと、そしてなにかひとの声のようなものが聞こえたような気がしたのだ。グインの聴覚はするどい。はたしてそれは、小さな農家の納屋のようなものであった。ちょっとおもやからはなれてたててある収穫をしまう小屋のようなところだ。きのう、グインとリギアがひそんでいた薪小屋よりはずいぶん大きいし、ちゃんと屋根も葺いてある。その前に、馬が二、三頭つないであるのをグインは見た。

（もうちょっと早くに……これが発見できれば、もっと楽だったのだが）

グインは考えこんだ。

（どうしたものか。——いまだと小屋に残っているのは……ユエルス一味は確か五騎だった。いま二騎が馬車と援軍をボルボロス砦へ迎えにいって、いま現在では小屋のなかには三人とフロリーとスーティとマリウス。——フロリーたちがいるからには、ここで切り込んで一気に三人切り伏せて救出しても——そのひまに、そこまで近づいている残りのものたちがやってきてしまう。俺一人なら、一個小隊と五騎くらいべつだんどうということもないが——小さな子供だの、フロリーだのマリウスだのを人質にとられたりするとあがきがとれん人数ではある。——いかな俺でもいちどきに、というかつまり一瞬で二十五人全部は無理だからな……まあ、いずれどうあってもそうしなくてはならなくなるが……）

（だが、あの馬車は逆に、使える——あれがあれば、このあとフロリーたちを連れての旅はぐんと楽になる。あの馬車はぜひともこちらにいただきたいものだ……）

（ということは……とりあえず、フロリーたちを馬車にのせてもらうか……よし）

思案がついて、グインはぴたりと小屋の裏側に身をふせ、様子を見られる場所に身をひそめた。

ほどもなく、小屋に通じる細道を、馬をおりた騎士たちがやってくる、枯れ葉を踏む足音がして、それから低くほとほとと扉がたたかれた。

「誰だ」

するどい低い声が扉の内側からかけられる。

「ルイとホルスです」

「戻ったか。よし」

扉があいた。二人の騎士が小屋のなかに入ってゆき、扉がしまる。ほどもなく、扉がまたあいて、グインが身をひそめながらようすを見ているところから、扉から、騎士たちに囲まれて出てくるフロリーとスーティ、そしてマリウスが見えた。フロリーはスーティを抱いており、マントをつけ、特に何も乱暴されたようすもなかった。ただ、ひどくおどおどとして怯えているようすではあったが、スーティのほうは、おとなしく母の胸に抱かれていた。まずは元気そうだ、とグインはほっとした。

マリウスのほうは無傷とはいかなかった。多少の抵抗はしたらしい。マリウスの衣類はかなり破れており、その上に後ろ手に縛りあげられていた。吟遊詩人の帽子もなくなっており、栗毛の巻毛が顔にこぼれおちていたが、その顔にもいささかの傷があった。

（無駄な抵抗など、せねばよいものを）

グインがひそかに考えているとも知らずに、騎士たちは三人をひったててこんどは横道を街道のほうへと戻りだした。ひったてる、といっても手荒にされたのはマリウスだけで、フロリーとスーティには、騎士たちの扱いはいたって丁重だった。マリウスのほうは、まったくの足手まといとしてその場で斬り殺されてしまわなかっただけでも幸運といわなくてはいけなかったのだろう。ぐいと乱暴に縄じりをとられて引っ立てられたが、さしものお喋りのマリウスもかなり参っているらしく、何も口をひらかなかった。

それを確かめると、ふいにグインは大幅にその横道から遠ざかるようにじわじわと動きだし、横道から遠くなって早く動いてもかれらにわからぬあたりまでくると足をはやめていっさんに街道にむかってかけ戻りはじめた。あわただしく街道に戻ると全力で走ってリギアの馬をさがす。リギアは横道の入口のちょっと手前に馬をとめて待っていた。

「リギア。いますぐ赤い布をふりながらボルボロスの城門近くへ戻って、あのアレンという光団の隊長に連絡をとれ。俺はきゃつらのゆきさきを確かめる――いますぐ戻って俺と合流し、力を貸してくれとアレンにいってこい。確かあれらの小隊はさらに五、六人にわかれていたのだったな。それだけいれば充分だ。いますぐだ」

「わかりました。このあたりへ」

リギアはふたこととはききかえさず、すぐに馬に飛び乗り、馬腹を蹴る。

グインはそのすがたが消えてゆくのも見届けずに、街道わきの草むらに飛び込もうとした。だが間に合わなかった。

「何者だ？」

こちらを見とがめた、馬車のまわりに残っていた小隊のものから、するどい誰何の声がとんだ。グインはとっさにフードをひきさげ、なるべくよろよろとみせかけようとしながら、背中をまるめた。かつかつとひづめを鳴らして小隊の騎士たちが二、三騎、近づいてきた。

「何者だ、きさま。このようなところで何をしている」

「わたくしは、ミロクの巡礼でございます」

グインはなるべくかぼそげな声を出そうとしながら、マントのなかでそっと剣の柄に手をかけた。

「巡礼だと」

ばかにしたような声がかえってきた。

「ずいぶん体格のいい巡礼もいたものだな。そんな大きな巡礼がいてたまるか。——なんだ、きさま、何者だ。そのフードをとれ」

「もとは戦士としてお仕えしておりましたが、業病にやられ、巡礼として聖地をめぐっております。フードをとるのはご勘弁下さい」

これは、マリウスが、「町中に入ったら、そういえばなんとかごまかせるかもしれないから」と前に二人でののんきな旅のときに考えてくれた、フードをとらぬ口実であった。だが、そのようなものをきくあいてではなさそうだった。

「何をつまらぬことを——本当に業病なら、歩くのも難儀だろう。きさま、さきほどからこのあたりをうろついていたな。あやしいやつだ」

「いや、確かこの体格——城門のあたりにいたのも見たぞ」

別のものが口をはさむ。

「いよいよあやしい。何をこのへんをうろうろしている？　そのフードをとれ。いいからとれ！」

「これでございますか……」

グインは、フードのへりをつかんだ。

ひょいとうしろにフードをひいた。とたんに、すさまじい悲鳴があがった。

「ああ！」

「こ、これは——！」

「グイン！　ケイロニアの豹頭——」

だが、さいごまで云うことは出来なかった。

瞬間に一閃したグインの大剣が、一気に、相手の騎士の首を宙たかくはねとばしていたからだ。血が吹き上がった。ふいをつかれて対応できぬ騎士たちのあいだに、かえす刀でグインは切り込み、もう一人斬った。

「わ、あああ――」

「出会え――出会え……」

「グインだ。ケイロニアの豹頭王が、こんな……ところに……」

騎士たちも、じっさいには、何がおきているのかよく理解していなかったに違いない。だが、うろたえさわぎながらともかくも応戦しようと剣を抜くところへ、グインの動きは数倍して早かった。

あっという間に、グインを誰何しに寄ってきた三騎を切り捨てたグインはそのまま、馬車にむかって殺到した。はっと御者たちが馬車にかけよろうとする。それを飛び込んで左右に切り捨てた。グインの力まかせの一撃は、確実に一撃であいてをほふる。あいては街道筋の草むらにふっとんで頭から叩きつけられ、動かなくなる。

まことに圧倒的な攻撃であっという間に御者二人と騎士三人とが切り伏せられたのだ。残っていた騎士たちはようやく剣をぬいたが、どうしていいかわからぬようすだった。

そのときに、横道から、フロリーたちを迎えにいった騎士たちの群れがあらわれた。見覚えのあるユエルスのすがたが先頭にあった。ユエルスが立ちすくんだ。

「きさま！」

「大変だ。グインが出たぞ！」

こちらの小隊のものが叫ぶ。グインはぐずぐずしていなかった。ユエルスは自分に何がおきたのかも理解していなかっただろう。横道から、街道にあらわれたその瞬間に、黄色と黒のいなずまが飛び込んできて、かれの胸を差し貫いたのだった。ユエルスがうしろに倒れこむ。甲高いフロリーの悲鳴がおこる。

グインはかれら三人を人質にとられるのを何よりもおそれていたので、一気にとびこみ、まずスーティをかかえたままのフロリーをひっかつぐように腕にかかえこんだ。驚愕と恐怖の悲鳴をあげるフロリーをスーティごと強引に、血を吹き出しながら倒れ込むユエルスのうしろからひきずりだし、街道におどりあがった。そのまま馬車に飛びつき、馬車の戸をあけて中にフロリーとスーティを放り込み、馬車の外戸を背中でばたんとしめて身構えた。

ようやくゴーラ兵たちは驚愕から立ち直りかけていた。

「敵は一人だ！」

隊長が叱咤激励した。

「いかなグインといえど一人だぞ！　多勢に無勢だ、やってしまえ。応戦しろ、大勢でとりこめるんだ！」

3

「おう！」

隊長の叱咤にすかさず騎士たちが、なんとかむかえうつ態勢をとろうとした。グインはちらりと目を配ってかるく舌打ちをした。ユエルスのうしろにいたルイたちが、うしろ手に縛りあげられたマリウスを両側からおさえて、おのれらのうしろにひきこむのを確かめたのだ。それでも、フロリーとスーティはなんとかこちらに取り戻せただけでも点をかせいだといわなくてはならぬだろう。

「落ち着け。輪になって豹頭王を取り囲め！　いかに強いといえど敵は一人しかおらんのだ！」

隊長が叱咤しつづけた。

「ここで天下の豹頭王をたおせば世界の英雄だぞ！　おそれるな、敵は一人だ！」

ルイとホルスが両側からマリウスに剣をつきつけている。あとのものたちは、馬車をうしろだてにとったグインのまわりを剣をかまえて取り囲んだが、どうしてもグインめがけて殺到することが出来ないのだろう。気迫の差、というべきか、あっという間に数人を切り倒してしまったグインへの当然のおそれ、でもあったかもしれぬ。

グインは挑発した。

「どうした。かかってこい。かかってこないのか」

「手に乗るな！　一人づつかかったら、敵の思うつぼだ！」

さすがに隊長は好戦的なゴーラの軍人らしく、よく鍛えられているようだった。

「全員でかかるんだ！　一人づつかかったら一人づつあっさりやられるだけだぞ！」

「しかし、馬車が……」

「きさま」

隊長がいきなりマリウスのほうに駈け寄った。

「グイン！　この詩人を取り戻しにきたのだろう。こやつのいのちがないぞ！　剣をすてろ！」

グインは一瞬迷った。マリウスは両側から騎士たちに剣をつきつけられ、蒼白になって目をとじている。

そのときに、グインは視野の端にちらりとひるがえるものを見つけた。赤い旗だ。

(きたか。これだけ早ければ上等だ)

かつかつと荒々しいひづめの音をたて、こちらに殺到してくる、リギアを先頭とした数騎のすがたがあった。

はっと、ゴーラ兵たちがそちらをふりむいた。

その一瞬のすきまをグインはすかさずとらえた。一瞬に剣をふりかぶっておどりかかり、街道を横に飛び越えてマリウスを左からおさえていたルイの腕を上に切り飛ばし、マリウスを足をあげてうしろに蹴り倒しざまマリウスがひっくりかえるのも見届けずに剣を水平にないでホルスの胴を両断した。マリウスが地面に倒れ込む前に飛び込んでその縄をひっつかみ、ひきずりおこすと、これも肩にかつぎあげるようにして馬車にかけもどり、馬車の戸の前にいた騎士が斬りかかってくるのを足で払いのけて、マリウスを馬車の屋根に放りあげざま剣を突きだした。騎士の皮のよろいのあわせめを破って、強烈な突きが背中までも突き抜けた。

血しぶきをあげ、断末魔の絶叫を残して倒れこんでゆくのを見届けもせずに、グインはまた馬車を背中にとる。

「かかれ！　かかれ！　逃がすな、逃がしてはならぬ！」

ゴーラ軍の小隊長が絶叫した。部下たちは狂気のように、なかば絶望にとらわれて馬車に殺到してきた。たちまち、馬車まわりが乱戦となった。

「グイン陛下！」

「陛下！」

リギアとアレンたちがその乱戦に飛び込んできた。すでに十騎近くをグインひとりで切り捨ててしまっていたが、残るものたちはすでに不意をつかれることはなくなっていたので少しは手強かった。リギアと光団の騎士たちがゴーラ兵と斬り結んでいるのをしりめにかけて、グインは馬車の戸を開いて中に首をつっこんだ。

「フロリー、無事か！」

「は、ハイ……」

「スーティも無事か！」

「うん、おじちゃん！」

元気のいい返事がかえってくる。グインはうなづくとばたんと馬車の戸をしめた。うしろから襲いかかってこようとしている騎士があった。グインは回し蹴りでそやつを蹴りはなすと、飛び降りてのどをかき切り、噴水のようにびゅっとしぶき出す血をあびぬようようしろにとびすさり、そのまま馬車のステップに足をかけて、馬車の天井の横から出ているかざりをつかんで、御者席によじのぼった。マリウスは縛られたまま、御者席に放り込まれてあおむけに倒れていた。グインは血まみれの剣ですばやくマリウスの縄を切った。

「怪我はないか？」

「な……ない……」

「しっかりつかまっていろ。ちょっと落ち着いたら下にうつらせてやる」

グインは御者のむちをひろいとり、身をのりだして馬にあてた。

「走れ！」

グインの声にはなにか、馬たちを動かすおおいなるひびきがひそんでいるとみえる。馬たちはいっせいにかけだした。

「逃がすな！　逃がすな！」

小隊長が絶叫する。

「リギア。逃げるぞ！　アレンたちも、切り上げて引き上げろ！」

グインは大音声で叫んでおいて、馬車をすごい勢いで走らせはじめた。馬車など、乗ったことも、いまの記憶でははじめてのはずだが、べつだん何の不思議もなくからだが動いた。もとから知っている行動をただやっている、というような感じだった。

「はい、陛下！」

「ついてこい。ふりきるぞ！」

グインはさらに叫んで速度をあげた。

「フロリー、しっかりつかまっていろ。揺れるぞ！　マリウス、振り落とされるなよ！」

「ひ――ひえっ……」

マリウスは悲鳴をあげた。

「だめ……だめ、腕がしびれて……」

「じゃあ、しびれがきれるまでこうしていろ」

グインはマリウスをとっつかまえた。左腕でマリウスをかかえこんで手綱をとり、右手でムチを馬にあててさらにあおりたてる。馬たちは恐慌に陥ったように走りはじめる。ボルボロス街道の赤煉瓦のかけらが、ひづめの下で飛び散った。

もうグインは一切うしろをふりかえろうともしなかった。馬車のなかはひっそりしており、スーティも声さえもたてておらぬようだ。マリウスはようやく少し腕に血が戻ってきたらしく、死にものぐるいでグインの胴体にしがみついている。からだを前かがみにして、向かい風を受けながら、グインはあらあらしく馬車をかりたて続けた。激しいひづめの音とわだちの音が入り乱れる。背後ではなおも何か叫ぶ声や戦いの物音、それに悲鳴のようなものがきこえていたが、もうグインはかまわなかった。

恐しい速さで、まるで戦車競争なみの速度でグインは馬車を走らせた。もう追ってくるものもない。ボルボロス街道はどこまでも続いている。しだいに日が暮れてくる。

ようやく、もうこれ以上走らせては馬がつぶれる、というところまで走ってから、グインは馬をとめた。少しづつ歩みを遅くさせ、ついに静止させてやる。気の毒な二頭の馬はたくましい横腹をすさまじく波打たせ、汗だくになり、はみをかまされた口から泡

をふいて喘いでいた。グインは、御者席から飛び降りると、そっとその馬たちの首を叩いてやった。

「よし、よし、無茶をさせてすまなかったな」

マリウスはしだいに速度が落ちてきたところで、御者席にしがみついたまま、からだをまるめていた。まるでからだがそのままかたまってしまったように動こうとしない。

グインは馬車の戸をあけた。

「フロリー、無茶をしたが大丈夫だったか。気持悪いのではないか？」

「グ、グ——グインさま……」

フロリーは紙のように白い顔になっていた。いきなり、グインにしがみついて、わあっと泣き出した。スーティもグインにひたすらしがみついてきた。

「グイン！　グインのおじちゃん、すーたんこわかったよ、こわかったよ！」

「おお、気の毒をしたな、スーティ。もう大丈夫だ、おじちゃんが一緒にいるからな。もう何も悪いことはないぞ、怖かったな。だがよく頑張った。偉かったぞ」

グインがぐいとスーティの小さなからだを抱きしめてやると、スーティは夢中でグインの胸に顔をすりつけた。フロリーは馬車からおりることもできぬようだった。

グインがかかえおろしてやると、草地に一回は足をおろしたが、そのままくたくたと倒れてしまう。マリウスのほうはようやく、喘ぎながら御者席から降りようとしていた。

かなり、マリウスが弱っているらしいことに、グインは気付いた。

「どうした。かなりやられたか」

「ちょっと……やつらが、いきなり……小屋に入ってきて、フロリーとスーティだけ……連れてゆこうとしたんだ。そのときに……ちょっと柄にもなく……戦おうとしたりしたので……といって剣もなかったから、素手だったんだけど……そのとき、ちょっと蹴られたり……殴られたり……」

「馬鹿な、手向かいなど、せねばよいものを」

「やつらはぼくのキタラを壊しちゃったんだ」

マリウスは悲しそうにいった。切れた唇のはたに、かたまって茶色くなった血がこびりついていた。

「やつらはぼくを切り捨ててゆこうとした。そしたら、フロリーが、あいだにとびこんで助けてくれたんだ。このかたは私の命の恩人だから、このかたを殺すならあたしを殺してくれ、って。――そしたら、どういうわけか、あいつら、仕方ないなっていって、ぼくを縛りあげて――一緒に連れてったんだ。あいつらは……何なの、グイン、フロリーにもスーティにもすごく親切で丁寧で――フロリーさま、なんて呼んでたよ……」

「かれらはゴーラの手の者だ、マリウス。イシュトヴァーンの間諜として、光の騎士団に入り込んでいた連中だ。だから、われわれが介入して、フロリーとスーティの素性が光団に知れたとき、ここに思いもかけぬイシュトヴァーンの落としだねとその母親がいる、などということをきいて仰天し、フロリーとスーティをイシュトヴァーンのもとに連れてゆこうとしていたのだ」

「おお」

マリウスは苦しそうに呻きながら云った。フロリーはようやく立ち上がって、よろめきながらも心配そうにマリウスに近寄ってなんとか手当しようとしていた。

「あのひとたちは……マリウスさまを殴る蹴るしたんです」

フロリーは悲しそうにいった。

「ひどいことを……どうして、そんなことを……」

「殺されなかっただけでもみつけものとせねばならん」

グインは云った。

「かれらに用があったのはフロリーとスーティだけだったのだからな。フロリーがそのように庇ってくれたから、面倒だから連れていってしまったんだろうが、そうでなければあっさり斬り殺されるところだったはずだ。アストリアスはお前に恨みをはらしたい用があったはずだが、ユエルスたちにはそんなものさえもなかったからな」

「ゴーラの間諜だったんだ。あいつら」

マリウスは呻いた。

「それはだんだんようすで解ってたけど――『イシュトヴァーン陛下』とかってことばも出ていたし……だけど、ぼくは殴られてかなり朦朧としてたから……」

「ここでは、お手当もできませんわ」

フロリーは悲しそうな声をあげた。

「どうしましょう。マリウスさまはずいぶんと弱っておいでで……」

「のんびり休んでいるいとまはない」

きっぱりとグインは云った。

「どうしようかと思ったのだがな――なりゆきがこうなったから、かれらを皆殺しにはしなかった。それに、突然、おかしなことだがフロリーの顔が目の前にうかんでな。かかわりもないゴーラの小隊全員殺すのは俺にはたやすいことだったのだが、フロリーがひどいショックを受けそうな気がしてな。ことにスーティの前でもあったし。――いまは、リギアたちが追いついてくるのを待っているところだが、リギアたちには、かれら全員を殺すだけの力はない。リギアがいるから、逆に、こちらが殺されることもあるとは俺は思わぬが……ふりきって逃げてこいと指令してあるからな。だが、ということは、生き残りの小隊の者が、ボルボロスの砦に戻って報告を出す、ということだ。ということは」

グインは街道の彼方に目をこらして見ながらいった。

「ということは――？」

「ということは、追手が――さらに大勢の追手が間違いなくかかる、ということだ。マリウス」

「ええッ――ど、どうして」

「ユエルスの部下がおそらく当然、イシュトヴァーンの《妻》とその《息子》の話を報告しているから、かれらはそれを護衛し、イシュトヴァーンのもとに送り届けるために馬車と一個小隊を出したのだ。この馬車をみるがいい、かなり立派な、ゴーラの紋章を打ったものだ。――これはそれを知らせたものにとっても非常な手柄になるようなたぐいの大発見だからな。かれらは諦めないだろう。砦に駐屯する騎士団全員を出してでも、追ってくるだろうさ。――一個小隊ならばどうとでもなるが、一千人といえば大隊二つ、それは少しさすがの俺にも一人で全滅させるのはきびしいかもしれんな」

グインは笑った。

「だがまあ、一個小隊を全滅させてしまえばしたで、戻ってこぬ小隊に対して調査の人数が出され、それが全滅していることが発見されればやはり討手は出される。いずれにせよ、追手はかかる。ここらあたりが切り抜けどころだな、ということだ」

「こ、こんなところでのんびりしてる場合じゃないんじゃないの、グイン」

あわててマリウスがいった。

「もう、ぼくのことは……心配しなくていいよ。すぐ馬車で……」

「リギアを置いて行くつもりか、薄情なやつだな」

うすくグインは笑った。

「お前の乳きょうだいなのではないのか。まあいい、そういうつもりで云ったわけではないのはわかっている。それに、まあアレンたちにも世話にはなったからな。かれらがきてくれなければ、お前を人質に取られていかな俺でも立ち往生するところだったのだぞ。むしろ助かったのはお前のほうなのだ、マリウス」

「そ、それはそうだけど」

「もっとも、ずっとここで待っていては確かにみすみす、追手を待っていてやるにひとしい。問題はその見切りをいつつけるかだな。まあ俺はリギアについてはあまり心配していないのだが。あれはしっかりした女だ。おそらくあのていどの腕であの程度の人数のゴーラ兵ごときにしてやられることはありえぬし、われわれとはぐれたらはぐれたで勝手にやるだろうが——ただ、スカールどのの居場所を教えてやると約束したのでな。おお」

グインは笑った。

「大丈夫だ。やはりしてやられることはありえなかったようだ」

かなり暮れてきたボルボロス街道の彼方に、遠くから、小さな騎馬の影が、三つ四つ近づいてきつつあった。

マリウスはびくっとしてそちらをみた。

「でもそれがリギアだとは限らないかも……敵だったら？」

「それならあのていどの人数ではないだろうし、あのくらいの人数なら敵だろうとどうということでもないさ」

グインはあっさりと答えた。だが、敵でないことはすぐにわかった。

「グイン陛下！　陛下！」

叫ぶリギアの声が風にのって届いてきたのだ。かれらが待つうちにリギアはマリンカをかって、ほかのものたちをうしろにひきはなし、こちらに駈け寄ってきた。

「ああ、よかった。暗くなるうちに追いつけました。本当の夜になってしまったら、もうなかなか発見するのが大変だし、どこかで野営なさっていたらますます大変と思って、気が気でなかったのです。マリンカも相当きょうはこき使ってしまったので、とてもくたびれてしまって、さすがにもう速度があまり出ないので」

「それは気の毒をしたな」

グインは云った。

「みな、無事だ。アレンたちはどうだ」

「二人はやられましたけど、三人なんとか逃げ出しました。というより、あたしたちより、あのゴーラ兵たちは陛下たちのほうを気にしていたようで、むしろあたしたちをふりはらって、すぐに砦に戻って援軍を頼めと小隊長が叫んでおりましたから……それがとても心配だったのですけれど、でも、あたしたちがあとを追ってくるあいだに、うしろから追手がかかってくるということはなかったようです」

「大勢を動かすとなればそれは軽々にはすまぬし、今度はかなり本気で兵を出してくるのではないかな」

グインは云った。

「まして、もうフロリーとスーティの存在も知られてしまったことだしな。まあとりあえずは、いまのところはなんとか全員——でもないが、その光団の不運な二人以外は無事だったということだ。上出来のほうだろう」

「ああ——わたくし、まだ、ちゃんと——グインさまにお礼も申し上げておりませんでした……」

フロリーはかぼそい声でいった。

「あの……ありがとうございました。わたくしとスーティのために、こんな無理を……」

「大した無理でもなんでもない。それよりも、問題はこれから先だ。どうあっても、せっかく馬車を手にいれられたので、この馬車でパロまで長駆下ってゆきたいものだが、そのためにはまずどうあっても、このボルボロス砦の勢力範囲をうまく切り抜けてしまわなくてはならないということだ。――ボルボロスを通らずに、なるべく人目にふれずにパロに行ける道というとどのようなものだ？　リギア、マリウス」

「さあ……そういうことになりますと、あたしの思いつくのは、クムを突っ切ることだけということになりますが……」

「でもそれってものすごく、にぎやかな――なにしろルーアンを通らなくちゃいけないんだから、にぎやかなところばかりえらんで抜けることになるよ」

マリウスが云った。

「ちょっと遠回りになるけれど、まだ、ユールからファイラ、せめてサルドスのあたりをまわって、パロ－ケイロニアの自由国境地帯に出て、それでリーラ河にそって南下してゆくほうが、人目にはつかないのじゃない？」

「かなり遠回りになりますよ。倍くらい」

リギアは考えこんだ。フロリーは心配そうにスーティを膝にのせて、道ばたの切り株に腰をおろしている。まだその顔はかなり白い。

そこに、だが、あわただしく残りの騎士たちが近づいてきた。

「陛下！　ご無事で！」

「おお、しんがりをまかせてしまってすまぬことをしたな。無事だったか、アレン」

「はい、陛下のお役にたてて光栄であります。二人、力足りず戦死いたしましたが、豹頭王陛下のためにお力になっての戦死でしたら、武人として最高のほまれと存じております」

「すまぬ」

グインは云って手をさしのべた。

「おぬしらのおかげでかれらをみな無事に取り戻すことができた。――アストリアスどのはもう、小犬山は出発されただろうか？」

「さきほどのろしがあがっていましたので、こちらから発見ののろしをあげてやりましたから、おそらく出発したと思います。が、我々だけの暗号がありますから、いま本隊がどこにいるかは簡単に調べられますが」

「では、おぬしらはこれから本隊に合流してくれ。ほかの、斥候に出てくれたものたちにも、もうすべて、頼んだことはめでたくすんだと伝えてもらってかまわぬ。もう《風の騎士》どのにはずいぶんと世話になった。この上、おぬしらの邪魔をしたり、負担をかけることは心苦しい。――ここでたもとをわかとう。アストリアスどのの本隊に戻ってくれ。世話になった、アレンどの」

「光栄であります」

アレンはまたいった。そして丁重に、正式の、他国の支配者への騎士の礼をすると、頭をさげ、そしてほかのものたちに合図した。

「では失礼いたします」

ほかのものたちもいっせいに頭をさげ、そして、こんどは赤いスカーフをとりだして肩や首につけた。そのまま、赤い色を、濃くなってくる日没のなかにひらひらとはためかせながら、ボルボロス街道から、旧道のほうへと駈け去ってゆく。

かれらはまた、かれらだけになった。

「ここで夜をあかすのは出来れば避けたいし、いまどのあたりにいるかまったくわからなくなったな」

グインは苦笑した。

「だがせっかく馬車もあることだ。今夜は、馬車で少しゆけるところまでいっておこう。そのほうが、少しでも追手とのあいだに距離がとれる。それまでに、どの方向にゆくのが賢いかだけ決めてもらって――リギアはマリンカを休ませてやりたいだろうが、逆にもうちょっと明るくなって見通しがよくなってからなら、もっと安心してそうさせてもやれる。――それほどの速度はもう出さぬゆえ、もうちょっとだけ頑張ってもらってくれ」

「はい。陛下、これは非常事態でございますから、マリンカも頑張ってくれるでしょう」

「フロリーとスーティとマリウスはなるべく馬車のなかで眠って疲れをとるがいい。かえって馬車のほうが、ゆったり走らせていれば眠れるかもしれんぞ、不安で寒いおもてよりもな。俺は……まあ俺はまだあと数日はこのままでももつからな」

「大丈夫でございますか、陛下」

「ああ。お前ももうちょっとだけ頑張ってくれ」

「あたしはなんということもありません」

「俺の馬をあの街道に一頭、それに前の街道筋に二頭、おきはなしにしてきてしまったが。気の毒したかな」

「街道のは、誰かが見つければといてくれましょうし、そうしたら勝手にどこかへ戻ると思います。前の二頭は……可哀想ですが仕方がありません。食べ物には当分不自由しないと思いますから、うまくそのあいだに手綱がとければ、ガウシュのほうへ帰れるかもしれません。馬は頭がいいですから、しばらく私どもが戻ってこなければ、勝手に手綱を食いきってもどれるかもしれませんわ」

「だといいな。で、どちらのルートをえらぶのが良いと思う、結論は」

「カムイ湖からオロイ湖と、水まわりを下ってクム東部を南下してゆく道と、遠回りでもいったん自由国境に出る道ですね」

リギアは考えこんだ。

4

「さようでございますね……あたしの考えでは、どのていどお急ぎになるかしだいだと思います。——でもあたしからは、やっぱり、自由国境に出るのはあまりにも遠回りに思えますが……でもその分、ガリキア、オーダイン——カムイ湖のほうに出ても、それからタリサ、ルーアン、ガヤ、と都会をずっとすぎてゆくのはずいぶん危険をともないますね。クムは直接にはいまのこのイシュトヴァーンがらみの話には利害関係はございませんけれど、いまのクムの大公、若いタリク大公はそれなりに野心も持っていないわけではないときききます。いまはクムがあまり武力が自信がない上に、ゴーラ軍がとても強力だというので、おとなしくしておりますけれど……ですから、もし万一にも、スーティの存在が知られてしまうと、クムもきっとスーティを人質に欲しがるでしょうね……」

「おお……」

低くフロリーはつぶやき、ミロクの印を切った。

「この子は……やっぱり、その存在が知られてしまえばそんなことになってしまうのですね。どこからもつけねらわれ──あるところからはいのちをねらわれ、あるところからは道具として使ってやろうとねらわれ──そんな辛い人生を、あたしはこの子にあたえてしまったんですのね」

そしてフロリーはぎゅっとスーティを抱きしめた。スーティはわけもわからずに抱きしめられて苦しそうな、だがちょっと嬉しそうな声をあげた。

「母様。だっこ、いたいよ」

「ああ……ごめんね、スーティ……」

「俺はいまはじめて気付いたのだが」

グインはちょっと奇妙な声の調子でいった。

「俺は──この可能性については、まだ最終的にはフロリーに聞いていなかった。もし、そのことも計算にいれてよいのだったら、俺はずいぶんとよけいなことをしたことになる」

「と……いわれますと……」

「イシュトヴァーンのもとに帰ったり──イシュトヴァーンにスーティの存在をしらせ、正式にこの子の父として名乗りをかわしてもらい──スーティをイシュトヴァーンの第一王子として、ゴーラ宮廷に入れる、というつもりは、あなたは本当にまったくないのだな、フロリー?」

「おお」

フロリーは悲鳴のような声をあげて、ぎゅっとスーティをまた抱きしめ、小さな声をあげさせた。

「それはイヤです。それだけは絶対にイヤです。死んでもいやです……わたくしはたしかにイシュトヴァーンさまをお慕いしておりましたけれど……でもわたくしはミロク教徒です。ミロクさまの戒律を破ってこの子を産み落としてしまいましたけれど、その罪滅ぼしは、わたしがこの子を立派に敬虔なミロク教徒として育てることです。——イシュトヴァーンさまはいま、ゴーラの残虐王、流血王と呼ばれておいでになる。それをきくたびにわたくしの胸はとても痛みます。……そのようなところにスーティを連れていって、この何も知らぬ無垢な子を、そんな戦争や流血のあたりまえなさなかに投げ込みたくなど断じてございませんし、それにもまして……イシュトヴァーンさまには、アムネリスさまとのあいだに、王子さまがお生まれになったとのお話でした……わたくしはそうでなくても、大恩あるアムネリスさまから、恋人のイシュトヴァーンさまを奪う——いえ、一夜だけのことですけれども、そんな許し難いことをしてしまいました。この上、アムネリスさまのお子さまとはりあって、イシュトヴァーンさまの愛だの——ゴーラの王子の座だのを奪い合うようなそんな罪は死んでもおかしたくございませんし…

……おまけに、わたくしは、この子に……そんな、王などという大それたものになってほしくないのです。……大それたといったらおかしゅうございますけれど、そのようなものになったらこの子は一生、辛い苦しい思いだけをして流血と野望と不信のなかで送らなくてはいけないだろう、という気がいたします。いいえ……いいえ、あたくしはもう二度とイシュトヴァーンさまのところに戻りません。この子がイシュトヴァーンさまのお子だ、イシュトヴァーンさまにはあの夜のお気まぐれのはてに、フロリーが生んだ子どもがいる、などということは決して知られたくございません……わたくしは、スーティを、ひっそりと……誰も知らぬところで育てたいのです。平和に——ただの、一介のこの……小さなミロク教徒フロリーの父なし子として。それがフロリーの一生の願いでございます……」

「よし、わかった」

グインはうなづいた。

「そう思うのならば、それでかまわぬ。俺はただ、確かめておきたかっただけだ。ならば予定どおりパロを目指そう。俺の結論からいえば、多少危険はともなってもクムを南下し、なるべく早くパロ圏内に出るほうが無難そうだ、ということだ。ただ、そうなると俺が御者をしたりもするわけにはゆかなくなる。またいろいろと難儀なこともあろうし——それについては充分に相談をかさねておかなくてはならぬだろうけどな。だが、まずは目先のこのボルボロス砦の追手を逃れることだ」

「そうですわね」

リギアが云った。

「ともかくも出かけましょう。夜どおし動くおつもりなら、一刻も早いほうがよろしいでしょう」

「そうだな。ではまた馬車に乗ってくれ。馬たちも少し休めただろう。とりあえずでは、ゆっくりと道を南下して……」

「ガリキアを目指されるのがよろしいかと思います。カムイ湖畔の旧モンゴール国境側は比較的人家も少ないし、人目にたつことも少ないでしょう。オーダインが近くなってくるといろいろと人家も多くなりますが、カムイ湖周辺はまだ比較的静かです。——最初は船をかりてカムイ湖を一気に下ろうかと思いましたが、馬車があるなら、そうせぬほうがよろしいでしょう。タルガスの砦の近くまでは、カムイ湖がひろがってはいますけれど、ボルボロス街道と同じような感じで下れるのではないでしょうか。タリサからですわね、考えなくてはならないのは。オロイ湖は迂回するにはあまりに大きいので、やはり船でしょうから」

「そのうち、地図を見ながらいろいろと教えてもらうべきだろうな」

グインは云った。

グインとリギアにせきたてられて、マリウスとフロリーとスーティはまた、馬車に乗り込んだ。幸いにして馬車は大きくてゆったりしていたし、たっぷりとクッションも用意されていて、座席もいたって座りごこちがよかった。窓の内側には、それをひいてしまえば外からはまったくのぞけないカーテンもついている。むかいあってマリウスとフロリーがすわり、スーティがフロリーの膝の上に安置されるのを確かめてから、グインは馬車の扉をしめ、馬車の御者席にのぼった。

リギアはまた、マリンカを励まし、ちょっと水をのませ、世話をしてやってから、マリンカの鞍にまたがる。かれらはまた、ボルボロス街道を、だがこんどは途中から折れてガリキアのほうへと南下するために進み出した。ボルボロス砦からの追手がどうなるか、それだけが心配の種であったが、少なくともいまは深い夜闇がかれらを守ってくれる。かえっていまだけがむしろ、逃亡につぐ逃亡、流転につぐ流転をかさねてきたこの逃亡者たちにとってのとぼしいやすらぎの時間だといえたかもしれなかった。

(だが……)

グインは、うってかわってゆったりと馬車を操りながら、ひそかに考えていた。

(フロリーには気の毒だが——もう遅い。もう、フロリーは……フロリーもスーティも、決して中原の情勢からは無縁ではありえなくなってしまった。ユエルスの部下がボルボロスの砦に増援と馬車の手配を頼みにいった時点で当然、ボルボロス側では驚愕し、ただちに早馬の使者をたててイシュタールへこのことしだいを報告しているだろう。――その知らせはもう、一両日中にはイシュトヴァーンのもとへも、またカメロンのもとへも届く。――それをイシュトヴァーンがどう思うか、どう受け取るか、またカメロンがどう考えるかはわからぬにせよ、いずれにせよ……この《事実》――スーティ、という、小イシュトヴァーンという名をもつ、イシュトヴァーン二世、しかもドリアンよりも年長のまぎれもないゴーラの王子である少年が存在する、という事実は、いずれ中原に知れ渡ってしまう。――もう、それが知れることをさしとめる方法はない)

(そして、フロリー自身がどのようにそれを望まなかったとしても……スーティ自身の存在が、また、中原に……どんなに逃げ隠れても、明らかになってしまうだろうと俺には思える。――何も知らなかったゆきずりの俺やマリウスにさえ、いまの段階でもう、顔を見ただけでもこれはイシュトヴァーンの血をひいてはいないかと思われるほど、父親に生き写しの少年だ。――これが十歳、十五歳となってゆけば、どれだけイシュトヴァーンそっくりな少年になるだろう。じっさいこの子は……気の毒なくらいにフロリーに似たところはただのひとつもない。……もしも気質も――イシュトヴァーンに似ているのだとしたら、そもそも……)

(そう、そもそも、スーティ――小イシュトヴァーン自身が、はたしてそうして気の毒な母親の望むとおり、おのれの血、父親の血をそんな風にして捨てられるものかどうか……むろんいまの幼いスーティには何もわからずとも……この子は一緒に数日いただけでも、きわだって個性の強い、頭のよい——なにものかである、と感じさせる幼児だ。武術が好きで、人なつこく、大胆不敵で、おそれを知らぬ——このところのこんな目にあったら、それまで母親とふたりの静かな生活しか知らなかったのだから、たいていの子供はもう参ってしまって熱を出したり泣きわめいたりして、大人たちを困らせたり、当人が参ってしまったりしているはずだ)

(だが、大したものだ——この子は、さきほど、俺に怖かったと訴えたが、その目には涙一滴なかったし、あの猛烈な馬車での逃走にも、窓ごしに見えていたはずの斬り合いにも、ひそとも声をあげなかった。怯えて声をたてなかったわけではない。俺は一瞬だが、ゴーラ兵を切り落としたその瞬間に、窓越しにこちらをひたと見ているスーティと目があった。そのとき俺はちょっとぞくぞくっとした——恐怖からではない。感嘆と興味からぞくぞくっとした。スーティの目は、二歳半とはとうてい思えぬほど冷静に、大きく見開かれてはいたがひたすらじっと目の前におこることを見つめていた——そして、血しぶきがあがって人が倒れていったのをも、やはり、目をまん丸くしてじっと見つめていたのだ。ほとんど——そうだ、ほとんど、面白そうに)

(この子は、イシュトヴァーンの子だ——それも、ただの子供ではない。この子は……
……)

(この子は、《英雄》になる子だ……それはもう、二歳半のいまでも間違いない。……この子はおそらく、十歳になる前にもう、誰にも負けぬほどの戦士になれる……この子の魂は恐れも知らず、ためらいも知らぬ……)

(母を守ろうという意気込みにも燃えている。——あれほどふりまわされていながら、馬車をあけたとき、この子はまずフロリーが俺に飛びつくのを待ってから俺に抱きついた。——フロリーごと、俺がこの子を馬車に放り込んだときには、この子は声もあげず、俺の邪魔をしないようにじっとされるがままになっていて、自分で馬車の内戸をしめた。——この子は、目の前で何がおこっていたかを完全に理解していたのだ。フロリーよりもさえ……)

(この子は、すごい子どもだ。——いずれ必ず英雄になる子ども……しかもゴーラの流血王の息子……)

(この子は、ただのミロク教徒の大人しい自由開拓民でなど終わろうはずもない。たとえどのようにフロリーがそう望んだとしても……この子のなかの英雄の血も、イシュトヴァーンの遺伝も、それを許しはせぬだろう……ふしぎな予感がする——この子が、中原の運命をかえる、それほどの存在になるのではないか、この小イシュトヴァーンこそが、父のイシュトヴァーンがもしかしてなしとげ得なかったことを出来るようになるのではないか……そのように思われてならぬ)

（だとしたら……イシュトヴァーンはこの子をみたらどう思うだろう。……何を感じ、どう思うだろう。……それによってだがまた、ドリアン王子の運命もどうかわってゆくだろう——不吉な感じがする。いや、胸が轟くような、といってもいい……）

（何かが……動き出す……これまでとはまったく異なる何かが……）

（二人の、イシュトヴァーンの王子……父にうとまれ、母に自害され、呪われた名をあたえられて生まれてきた王太子ドリアンと、そして生まれながらにして英雄の資質をそなえた、いまだその存在が知られていなかった小イシュトヴァーン——この腹違いの兄弟が——中原にあらたな何か大きな波乱を生み出すのではないかという——そんな気がする……）

（おかしいな。……俺はまるで……）

グインはふいにはっとして、顔をあげた。

頭の上にはふるような星辰がめぐっている。もうすっかり夜になった。あたりはしんと静かな赤い街道の夜だ。

こんな時間に旅するようなものはこのあたりであっても決していない。ルードの森の近いあたりや、本当の辺境の街道でこそなけれ、ボルボロスもまだ充分に辺境に近いのだ。

山賊、妖怪変化、幽霊、あしき心をもってさまようものたち——旅人たちが恐れなくてはならぬものはいくらでもある。そのなかを、おそれもせずにひたひたと進んでゆく黒い馬車と、そしてそのうしろをゆっくりとつきしたがってくる女武者の一騎。

それもまた、忘れがたい一夜のひとつであった。

ふいに、馬車の窓が内側から開いた。マリウスが顔をだした。

「グイン。――歌を歌ってもいいだろうか？」

「このあたりなら、まあそれほど大きな声を出さなければきこえることもないだろうし、まだ追手も今夜はかかりはしないかもしれぬが――どうしたのだ、マリウス。キタラはたしか壊れてしまったのだろう」

「そうなんだけど……またどこかでどうしても手に入れなくちゃいけないけど、なんだか――ああ、なんだかこうして夜をひたひた馬車で走っていたら、むしょうに歌いたい気分になってきたんだよ」

「ならば歌うがいい。お前の歌は、俺はいつでも好きだ」

「有難う」

「スーティはどうした。寝ているか」

「ううん、寝てないよ、グインおじちゃん」

可愛い声がきこえてきた。

「すーたんおっきよ。……まりうすのおうたきいていい？」

「ああ、ではマリウスに歌ってもらうがいい。お前もさんざん怖い思いをしたのだ。そうやって、なぐさめがほしいだろう、スーティ」

「すーたんなんもこわくなかったよ」

さきほどは怖かったといったことを忘れたように、スーティは窓から首をだし、黒い、父親にそっくりの、だが明るく輝かしい目を大きくみひらいてグインを崇拝をこめて見上げた。

「すーたん、おじちゃんがたすけにきてくれる、わかってたから、なんもこわくなかったよ。――母様が泣いててかわいそだったよ。すーたん、はやくおっきくなるの。……おっきくなって、つよくなって」

「窓から首を出すと危ないぞ、スーティ」

グインは云った。スーティの小さな頭が、フロリーに引き戻されたらしく引っ込んだ。

(そうだ、スーティ……いまは、まだ……そのときではない。お前の《時》はもっと――ずっとあと、何年ののちにならねばやっては来ぬ。――それを待って、いまはその年齢相応にすこやかに眠るがよい。俺が――それまでは、俺がお前を守り、眠らせてやろう。……スーティ、それが俺にとっては、なんだかとても正しいことだという気がするからな……)

「はるかな街道を……」

マリウスの美しい声が、窓をあけはなった馬車のなかから流れ出てきた。

「はるか街道をゆく——遠い街道をゆく……ゆくてには何が待つの……誰も知らないけれど　夜をかけてゆく……どこまでもかけてゆく……」

リギアが馬をちょっといそがせて寄せてくる。

「陛下。——大丈夫ですか。歌などお許しになって、追手は？」

「今夜はさすがにまだ動き出せはせぬだろう。今夜じゅうになんとかガリキア道に入ることが出来れば、かなり攪乱できる。——あとのことは、まあ、明日考えればよかろう」

「そうですか……」

リギアはちょっと何か言いたげだったが、そのまま肩をすくめてひきさがった。

「ひたひたと夜をすすむ……見知らぬ国の森を……山を——砂漠を——どこへゆくの。何を待つの……明日はどこの空の下、どこの草の上に眠る……ふしぎな旅人たち、頭の上はふるような星空……」

マリウスはそのすべてを即興で、心のおもむくままに歌っているのだろうか、とグインはいぶかった。その美しい澄んだ歌声は力強く、時にやさしく、夜空にのぼってゆく。それはマリウスの持っているいちばん美しく、そしてひとの心を揺り動かすものだった。

（あれも——この男もまた、世にもふしぎな存在だと云わねばならぬ……しょうもない男だが、それでいてこのように美しいものをもち……このように力をもちながら何の力もなく……不思議なさだめによって、俺の義兄となったという……なんというえにしだろう。なんという、不思議な……)

(スーティとのえにしも……俺には、ただかりそめのものとはどうしても思えぬ。——その父とのえにしもまた、あまりにも不思議な気がしてならぬものだ——マリウスからきけばきくほど、あまりにも不思議な——だが、スーティについては、なんだか、もっと不思議な気がする。俺はなぜ——どうしてこう、この子が可愛いのだろう。この子をまるで——おのれの息子のような、おのれがちゃんと責任をもって成人させてやらねばならぬ、おのれの子だ、というような気がしてならぬのだろう……)

(この子はどんな運命をたどるのだろう。どのようになってゆくにせよ……父のように苦しむことなく……流血王、僭王と呼ばれて苦しみのなかに怨嗟の声にまみれるような運命ではなく——すこやかに愛につつまれて育ち、英雄として——明るく、そして強く……かげりなくひととなってほしいと……望まずにはいられぬのだが、俺は……)

「道は続く　赤い街道はどこまでも続く——きょうも続く、あしたも続く……どこまでゆくの——赤い街道につながれて、どこへゆくの……ふるような星の下で、明日はあの娘が待ってる……」

マリウスの歌がしだいにやわらかく、優しい、どこかねむたげなひびきをおびてくるのをグインはきいていた。星々はまさにマリウスの歌うとおり、頭上にまき散らされた銀粉のようにきらきらと輝いている。流れ星がすいときらめく。

まわりには黒々とした夜の森がひろがっている。遠くでかすかに、獣の吠え声が聞こえるようだったが、グインは何も気にしなかった。とりあえず膝のところにひきつけてある大剣さえあれば、何ひとつおそれるものはないのだ。

「おやすみ……おやすみ、子どもたち……旅する子どもたち——ぼくらはみんな、旅する子供……遠い国から、遠い国へ……夜、馬車にゆられてゆくよ……星々がゆくてをてらすかんてらになる……月がゆくてを導く……ささやきかける風の音も、澄んだ夜空の道しるべも……」

「おやすみ、スーティ……おやすみ、坊や……馬車は夜通しかけてゆく……ゆっくりおやすみ……明日の朝には、また……赤い街道が待っている……」

「どうした……」

マリウスがまた栗毛の頭をのぞかせたので、グインは声をひそめた。

「スーティは」

「寝たよ。……寝そうだったから、子守唄にしたんだ」

「そうか」

「かわいそうにすごく疲れていたんだろうね。それでも興奮していたから頑張っていたけど、とうとう。――フロリーも寝てしまった」

「お前も寝たほうがいいぞ、マリウス」

「ぼくは……ちょっとあちこち痛くて……」

「それは気の毒だったな。重たい怪我はなさそうか」

「それはないんだけど……ちょっとお腹を蹴られたのがひびいてるな。それにとにかくキタラのことを思うとくやしくって。――ああ、次の町でなんとかしてキタラを買おう」

「寒くはないのか？」

「ああ、大丈夫だよ。なかに毛布が――座席の下にあったから、フロリーもスーティもあったかくくるまっている。もちろんぼくも」

「そうか」

「グインは、大丈夫なの？」

「俺はなんともない。というよりも、最前からこの御者席で馬を御しながら、さまざまなことを考え、ふるような星々を眺めて、なかなかよいものだと思っていた」

「ああ、そうだね……今夜はすごく星が綺麗だし」

「追手がかかれば、こんなに安閑とはしていられなくなるしな」

「なんとかそうなる前に、モンゴール圏内から出てしまえればいいんだけど」

「そうだな」

「でも問題はこのさき、国境を――クム－モンゴール国境をどうやって越えるか、だね。……そのときにはけっこういろいろたいへんかもしれない。そういうときには逆にぼくの知恵とか経験が必要になってくるかもしれないけどね。もうひとつは」

「何だ」

「お金が必要なんだけど、お金、どうやって稼いできたものかなあ……まあいいや。いざとなってから考えよう」

「ああ。そうだな」

「もうちょっと歌っていいかな。そしたら、寝るから。ぼくも」

「ああ」

「――星々が導く　ふしぎな物語」

また、マリウスの声が優しくゆたかに流れてゆく。

「夜の道をどこまでもゆく……ぼくたちの冒険は……終わらない……」

（クムか……）

それもまた、グインにとっては、名前しか知らぬ異国だった。そこではどのような困難と冒険が待っているのだろう。

（なんとかなるだろう……そして、ともかくスーティを守ってやらなくては）

グインはマリウスが投げてよこした毛布を膝のまわりにまきつけた。さすがに夜がふけてかなりの冷気がおりてきている。両側には深い森が続き、夜の街道をゆくのはかれらだけだった。ひたひたと続いてゆくその夜の旅に、まだ当分朝は遠かった。

あとがき

栗本薫です。ということで外伝「ふりむかない男」を含めて、二〇〇五年から二〇〇六年にかけての二回目の「月刊グイン・サーガ」そのラストとなる百六巻「ボルボロスの追跡」をお届けします。

いやあ、二〇〇五年が、一月二月三月だったんでしたっけ？　二月三月四月だったんでしたっけ？　もう忘れてるってあたりがなかなかなかなザル頭のトリ頭ですが、いやあ、こちらはそのあいだにもうどんどん先書いてしまってるものだから、どうしても、刊行されるものと、自分がどこまで書いたかってことにタイムラグがあってしまいまして、それでついつい、「いま刊行はどこまでか」ってことが、よくわからなくなってしまいます。だが、いずれにもせよ百巻の前後に三連チャンをやったんでしたね。それだけははっきり覚えておるんですが。あれは百、百一、百二の月刊だったのかな。

今回は百五巻「風の騎士」と、一月十日刊行の外伝、アルド・ナリスの事件簿「ふりむかない男」とこの「ボルボロスの追跡」での三連続ですが、まあ本篇としてはだから、特に連続してるってことはなく、かたちは月刊でもあいだに外伝が入った、ってことで、若干去年の百巻前後のとはニュアンスが違うかもしれません。でも書いているほうにとってはなかなかしんどくて（;_;）いやあ、これ前にもなんかでぼやきましたが（;_;）私とりあえず百六まで書いてけっこう疲れてしまって、前に書いてお渡ししてあった外伝出してくれるというから、「あーよかった、じゃああいだが四ヶ月あくから、そのあいだに少し本篇を書き貯めておけばいいんだな」なんて甘い考えでいたんですね。そうしたら何が何が、結局十二月の百五巻と二月の百六巻のあいだの一月の刊行ってことになってしまったので、私のほうはちっとも負担はかわらないってことになってしまって、百七書くのに大騒ぎし、目下のところは「百八が遅れてる〜」とひたすら騒いでいます。ここんとこ、ストックが一冊しかない状態ってのがずっと続いてしまっていて、これは実は百巻前後に「月刊だ！」というんで、これは大変と書きだめをしたんですね。そしたらこちらが三冊ほども先行することになってしまったんで、「これはよい、当分追いつかれそうもない」とかって安心していたら、隔月ってのはほんとにばかにならんハイペースなんですねえ。結局あっという間に追いつかれてしまい、気がついたらもう、あわやストックがなくなっちゃう状態ってことになりまして——私のほうはまあ、ぎりぎりどたんばで追いかけっこになってもそれはそれなんですが、なにせ丹野さんてものがいますから、可愛い丹野君に（笑）あまり苦労かけたくないし——そうでなくても月刊グインなんてことやってさんざん苦労かけているんだから、せめて早め早めに渡してあげるくらいのことはしたいんですけれどもねえ。でもいまんとこは百八が、「理想的には二〇〇五年の年内アップ」を目指してたのですが、あがらず（泣）しょうがないので「一月上旬アップ」をめざしてたのですが、これを書いてる今日は一月九日、いま現在の枚数は……担当さんがショックで心臓とまるといけないので言えない（爆）という状態で、結局、「なんとか一月中旬のうちには」というありさまになっていて、このままだと百七巻のゲラが出てきてしまうほうが早そうです。そうしたらまたストックない状態に追いつかれてしまう（号泣）だのに百八を書き終わったら私はただちに伊集院大介の書き下ろしに入らなくてはならない身の上……ってことで、今年もなんだか波乱ぶくみのすべりだしになっております。

うううむ、このへんのすべての狂いは実をいうと去年の暮れに出た伊集院大介の書き下ろし「女郎蜘蛛」が、予定の枚数を三百枚オーバーして八百枚になった、そのせいなんですよねえ。あれが五百枚ですんでれば、そのあいだにもう一冊書けたんです。まあ自分の構成のドジというか読みの甘さでどんどん長くなって講談社さんにも迷惑かけたんだから、そのせいでグインのストックが切れたぁ、なんて泣き言いえる状態ではあったもんじゃありませんが。しかし、きびしいなあ……このごろどうもねえ、体力的にというより、目のほうがなかなかいうことをきかない状態になってきてまして、以前みたいに平然と一日百枚とかってのが出来づらい……いや、正直いうと、それもありますけどむやみやたらとヤオイを書きまくってたせいってのもかなーりあるんですけどもねーっ（^^;）なんてあまり内幕を暴露してしまうと危ないので内輪話はもうこのへん。

でもとりあえず二〇〇六年はなんだかとても静かに、かつ曇り空で明けまして、気象庁の予報担当者泣かせの寒冬、かつ豪雪の冬となったようで、実に冷え込みのきつい冬になりましたが、皆様はどんなお正月をお過ごしでしたか。といってもこの本がお手元に届くころにはもう、節分も過ぎて、皆様もすっかり二〇〇六年に馴染んでおられることとは思いますが。

私のこのお正月はなかなか静かで、まあ鏡開きまでに三回宴会して一回歌舞伎見て一回ライブみて、一回結婚式があって大晦日とお正月は母親がうちに泊まりにきてて、初詣は二つの神社にゆき、そのあとまた二回も神社にゆき、というそのような状況を「なかなか静か」というのかどうかはいささか疑問なものがありますが、まあそれでもわたくし的にはなかなか静かなものがある、という感じだったのでした。新年そうそうに、いつもうちの作品の振付や出演をしてくれている榛名珠利の結婚式がありまして、それもあってなかなか着物をたくさん着られて楽しい新年でもあったのですが——しかしまあ、それだけわたわたといろんなことをしておれば、むろん落ち着いて小説を書いてる何もしない一日、なんてものは日数を数えてもあわないわけで（爆）三回宴会、一日歌舞伎、一日ライブ、一日結婚式、これでもう六日で、あと三が日だったんだと思うと（宴会のひとつは三日だったから三が日とダブってるけど）そりゃもう、「うちで何もしないでいた」日ってのは二〇〇六年があけてから一月の十日までに一日しかなかった、って見当になります。とんでもないことですねえ。こんなペースでいった日にゃあ、二〇〇六年はとんでもないことになってしまうので、ちょっとこのへんで一気にペースダウンして、のどかな本当に静かな日々に戻りたいな、戻らなくちゃ、と思う今日この頃なんですが……まあ、とりあえずもう一日したらだいたいそうなれるはずだから、そしたらグインにもいそしめるはず――なんですけれどもねえ。どうもなんとなく腰が落着いてない感じがまだしていて、まだ多少の正月ボケなのかもしれませんが、困ったことです。

でも世間様のほうはこのところはそれほど目立って大きな災害もないし事故も犯罪もないし、去年の後半があまりにも殺伐たる事件があいついだせいかもしれませんが、やっとひと息ついたというところで、このまま静かに節分までいって年がかわってほしいですねえ。私にとっては二〇〇五年ってのはとっても激動の一年だったので、今年はもうちょっと体力気力を補充する年にしたいな、と思ったりするんですけれどもねえ――どうなることとやら。

去年二〇〇五年は私の主宰する天狼プロダクション及び私個人にとっては、

1、十年暮らした神楽坂から田町の新事務所への引っ越し
2、「グイン・サーガ」百巻達成・「百の大典」とサイン会五回
3、年二十四回のライブ敢行
4、隔月の栗本薫個人同人誌「浪漫之友」発行
5、二年ぶりの「夢幻戦記」十四刊行
6、息子の大学院合格
7、四十年間実家に住み込んでいたお手伝いさんの死去、それにともなって母が一人暮らしになる
8、十六年ぶりに一本も舞台を作らなかった一年

といった「十大ニュース」(八つしかないけど)があった年でありました。今年はどうなることか、わかりませんが、今年は息子が大学を卒業し大学院に進学する、私たち夫婦は銀婚式を迎える、といったこれまたなかなか個人的な節目の年になりそうです。去年が天狼プロの引っ越しと「グイン・サーガ」百巻という、パブリックな節目だったとすれば、今年は比較的家庭的にそうかなって感じですが、まあ今年は順調にゆけば、ってまあよほどのことがないかぎり順当にゆくでしょうが「グイン・サーガ」が「百十一巻」というものを迎えますので、キリ番好きの私としては、これまたなかなか楽しい巻数だなあ、と思ったりしています。まあまだここでキリ番一並び記念の何かイベント

を、というところまではゆかないとは思いますが、わたくし的には、あと四冊で迎える百十一巻もとっても楽しみです。二百巻はまだ相当先ですもんねーっっ（＾＾；）（＾＾；）心して書いてゆきたいと思います。

ともあれ二〇〇六年が、殺伐とした世相だった去年よりは、平和で心なごやかな年になることを祈りつつ、本篇としては二〇〇六年最初の巻となりました、百六巻をここにお届けしようと思います。一ヶ月遅れの御挨拶ではありますが、今年も「グイン・サーガ」をどうぞよろしくお願いいたします。ま、旧暦だとまだそんなもんですよねえ（笑）

恒例の読者プレゼントは……川尻陽子様、臼井良司様、菊池美智代様、の三名様にお贈りさせていただきます。それでは皆様、皆様の二〇〇六年もゆたかで実り多いものになりますように。

二〇〇六年一月九日（月）

神楽坂倶楽部 URL
http://homepage2.nifty.com/kaguraclub/

天狼星通信オンライン URL
http://homepage3.nifty.com/tenro

「天狼叢書」「浪漫之友」などの同人誌通販のお知らせを含む天狼プロダクションの最新情報は「天狼星通信オンライン」でご案内しています。

情報を郵送でご希望のかたは、返送先を記入し80円切手を貼った返信用封筒を同封してお問い合せください。

（受付締切などはございません）。

〒108-0014　東京都港区芝4-4-10　ハタノビル B1F
（株）天狼プロダクション「情報案内」係

星雲賞受賞作

今はもういないあたしへ…
新井素子
悪夢に悩まされつづける少女を描いた表題作と、星雲賞受賞作「ネプチューン」を収録。

ハイブリッド・チャイルド
大原まり子
軍を脱走し変形をくりかえしながら逃亡する宇宙戦闘用生体機械を描く幻想的ハードSF

永遠の森 博物館惑星
菅 浩江
地球衛星軌道上に浮ぶ博物館。学芸員たちが鑑定するのは、美術品に残された人々の想い

太陽の簒《さん》奪《だつ》者《しゃ》
野尻抱介
太陽をとりまくリングは人類滅亡の予兆か？星雲賞を受賞した新世紀ハードSFの金字塔

銀河帝国の弘法も筆の誤り
田中啓文
人類数千年の営為が水泡に帰すおぞましくも愉快な遠未来の日常と神話。異色作5篇収録

日本ＳＦ大賞受賞作

上弦の月を喰べる獅子 上下
夢枕 獏
ベストセラー作家が仏教の宇宙観をもとに進化と宇宙の謎を解き明かした空前絶後の物語。

ヴィーナス・シティ
柾 悟郎
ネット上の仮想都市で多発する暴力事件の真相とは？ 衝撃の近未来を予見した問題作。

戦争を演じた神々たち［全］
大原まりこ
日本ＳＦ大賞受賞作とその続篇を再編成して贈る、今世紀、最も美しい創造と破壊の神話

傀《く》儡《ぐつ》后《こう》
牧野 修
ドラッグや奇病がもたらす意識と世界の変容を醜悪かつ美麗に描いたゴシックＳＦ大作。

マルドゥック・スクランブル（全3巻）
冲方 丁
自らの存在証明を賭けて、少女バロットとネズミ型万能兵器ウフコックの闘いが始まる！

星界の紋章／森岡浩之

星界の紋章Ⅰ―帝国の王女―

銀河を支配する種族アーヴの侵略がジントの運命を変えた。新世代スペースオペラ開幕！

星界の紋章Ⅱ―ささやかな戦い―

ジントはアーヴ帝国の王女ラフィールと出会う。それは少年と王女の冒険の始まりだった

星界の紋章Ⅲ―異郷への帰還―

不時着した惑星から王女を連れて脱出を図るジント。痛快スペースオペラ、堂々の完結！

星界の紋章ハンドブック

『星界の紋章』アニメ化記念。第一話脚本など、アニメ情報満載のファン必携アイテム。

星界の紋章フィルムブック（全3巻）

アニメ『星界の紋章』、迫真のストーリーをオールカラーで完全収録。各巻に短篇収録。

星界の戦旗／森岡浩之

星界の戦旗Ｉ—絆のかたち—
アーヴ帝国と〈人類統合体〉の激突は、宇宙規模の戦闘へ！『星界の紋章』の続篇開幕。

星界の戦旗Ⅱ—守るべきもの—
人類統合体を制圧せよ！ラフィールはジントともに、惑星ロブナスⅡに向かったが。

星界の戦旗Ⅲ—家族の食卓—
王女ラフィールと共に、生まれ故郷の惑星マーティンへ向かったジントの驚くべき冒険！

星界の戦旗Ⅳ—軋《きし》む時空—
軍へ復帰したラフィールとジント。ふたりが乗り組む襲撃艦が目指す、次なる戦場とは？

星界の戦旗ナビゲーションブック
『紋章』から『戦旗』へ。アニメ星界シリーズの針路を明らかにする！カラー口絵48頁

著者略歴　早稲田大学文学部卒
作家　著書『さらしなにっき』
『あなたとワルツを踊りたい』
『湖畔のマリニア』『風の騎士』
(以上早川書房刊) 他多数

HM = Hayakawa Mystery
SF = Science Fiction
JA = Japanese Author
NV = Novel
NF = Nonfiction
FT = Fantasy

グイン・サーガ⑯

ボルボロスの追跡《ついせき》

〈JA834〉

二〇〇六年二月　十　日　印刷
二〇〇六年二月十五日　発行

（定価はカバーに表示してあります）

著　者　栗《くり》　本《もと》　薫《かおる》
発行者　早　川　　浩
印刷者　大　柴　正　明
発行所　株式会社　早　川　書　房

郵便番号　一〇一 - 〇〇四六
東京都千代田区神田多町二ノ二
電話　〇三-三二五二-三一一一(大代表)
振替　〇〇一六〇-三-四七七九九
http://www.hayakawa-online.co.jp

印刷・株式会社亨有堂印刷所　製本・大口製本印刷株式会社

ISBN4-15-030834-9 C0193